»Mulisch zeigt sich von seiner besten Seite, sprachgewandt, mit Humor und Ironie, ein souveräner Spieler mit Wirklichkeit und Phantasie, ein Wanderer auf dem Grat zwischen Realem und Irrealem, zwischen der äußeren und der inneren Welt. Gelungen ist eine selbstkritische Hommage an die eigene Sturm-und-Drang-Zeit.« *Der Tagesspiegel*

Harry Mulisch, geboren am 29. Juli 1927 in Haarlem, ist der Sohn eines ehemaligen k. u. k.-Offiziers, welcher im Zweiten Weltkrieg mit den deutschen Besatzern kollaborierte, und einer Jüdin aus Frankfurt. Seine später geschiedenen Eltern sprachen deutsch miteinander. Als Autor begann Mulisch mit Sachbüchern. Seither schrieb er Romane, Erzählungen, Gedichte, Dramen, Opernlibretti, Essays, Manifeste und philosophische Werke. In der Reihe der rororo-Taschenbücher erschienen u. a. der Roman »Die Entdeckung des Himmels« (rororo 13476), »Die Prozedur« (rororo 22710) sowie »Selbstporträt mit Turban« (rororo 13887). Harry Mulisch lebt in Amsterdam.

Harry Mulisch

Augenstern

Roman

Aus dem Niederländischen
von Martina den Hertog-Vogt

Rowohlt Taschenbuch Verlag

Titel der Originalausgabe:
De Pupil. Uitgeverij De Bezige Bij,
Amsterdam 1987

Neuausgabe Juli 2002

Veröffentlicht im Rowohlt Taschenbuch Verlag GmbH,
Reinbek bei Hamburg, Juni 1991
Copyright © Harry Mulisch, Amsterdam 1987
Copyright © für die deutsche Ausgabe
Carl Hanser Verlag, München – Wien 1989
Alle Rechte vorbehalten
Der Vers aus dem 151. Sonett von Michelangelo
auf S. 7 wurde aus dem Italienischen
übersetzt von Edwin Redslob,
die Sophokles-Übersetzung auf S. 102
ist von Georg Thudichum
Umschlaggestaltung any.way, Cathrin Günther
(Foto: Superstock)
Druck und Bindung Clausen & Bosse, Leck
Printed in Germany
ISBN 3 499 23244 8

Augenstern

Non ha l'ottimo artista alcun concetto,
Ch'un marmo solo in sè non circoscriva
Col suo soverchio, e solo a quello arriva
La man, che ubbidisce all'intelletto.

Der beste Meister kann kein Werk beginnen,
Das nicht der Marmor schon in sich umhüllt,
Gebannt in Stein, jedoch das Werk erfüllt
Die Hand, sie folgt dem Geist und seinen Sinnen.

Michelangelo

I

Jedes Leben hat seine Geheimnisse, und die müssen gewahrt werden. Doch je älter man wird und je weniger man zu verlieren hat, desto uneinsehbarer wird es, warum man sie eigentlich wahrt, so daß man sie genausogut erzählen kann.

Zu den Geheimnissen meines Lebens gehört ein Ereignis, das sich zutrug, als ich mit achtzehn Jahren für einige Monate der Augenstern von Mme. Sasserath war. Ich war sozusagen ihr Gesellschafter, unterhielt mich mit ihr, ging mit ihr im Garten spazieren, las ihr manchmal vor und ordnete die Sammlungen ihres verstorbenen Ehegatten – zumindest, soweit sich diese nicht in ihrem Palazzo in Venedig, ihrem Chalet in Montreux oder einem ihrer Apartments in Paris, London oder New York befanden. In allen diesen Wohnungen war ständig Personal, aber als ich Mme. Sasserath kennenlernte, reiste sie nicht mehr.

Während der langen Sommernachmittage auf der Terrasse ihrer Villa auf Capri erzählte sie beim Zirpen der Grillen von ihrem Leben an der Seite ihres Mannes Alphonse, des Erfinders der Sicherheitsnadel. Da sie noch immer von jedem verkauften Exemplar einen Anteil erhielt, so gering dieser auch sein mochte, war sie die reichste Frau der Welt; doch das schien für sie keinerlei Bedeutung zu haben. Was man besitzt, besitzt man in gewisser Weise gerade nicht – das ist etwas, das ich inzwischen, gut vierzig Jahre später, gelernt habe. Sie selbst war damals schon achtundachtzig, und während sie mit ihrer leisen, brüchigen Stimme von den entbehrungsreichen Jahren im Antwerpen des neunzehnten Jahrhunderts erzählte, als ihr Mann die Sicherheitsnadel noch nicht erfunden hatte, saß ich auf der Stuckbalustrade der Terrasse und ließ meinen Blick über die Bucht schweifen.

Welcher Platz auf Erden konnte es aufnehmen mit dieser grandiosen Gebärde, mit der das Land dort das Meer umarmte wie ein starker Sohn seine alte Mutter? An der gegenüberliegenden Küste bei einsetzender Dämmerung das Aufglühen Neapels, rechts davon die violette Silhouette des Vesuvs, und daran anschließend auf der Halbinsel der weite Bogen beleuchteter Städte und Dörfer. Auf dem Meer lagen zu jener Zeit auf immer wieder anderen Positionen hier und da alliierte Kriegsschiffe vor Anker. Links, wie ein Phantom, hinter dem die Sonne verschwunden war, ragte Ischia aus dem Golf, aber das Zentrum des Panoramas war immer der Vesuv.

Erde, Wasser, Luft, Feuer. Von ihrer Chaiselongue aus blickte Mme. Sasserath manchmal bis zum Dunkelwerden gedankenverloren auf die sanfte, verschwimmende Form, die beruhigende Erhabenheit, aus der sich so viel Verderben ergossen hatte. Vielleicht hatte sie diese Villa hier oben auf dem steilen Felsen, aus dem blaue Blumen sich in Trauben herauszwängten und zum Meer hin neigten, gerade deswegen gekauft, um die drohende Gewalt des Vulkans inmitten all dieser lieblichen Schönheit betrachten zu können. Zudem wurde in der Villa da Balia zu den Mahlzeiten ausschließlich *Lacrima Christi* ausgeschenkt, der an den fruchtbaren Hängen des schlafenden, vielleicht sogar träumenden Vulkans angebaut wurde.

II

Das alles war kurz nach dem Krieg. Nach den endlosen Jahren der Kälte, des Hungers und des Todes war ich im Mai 1945 wie ein Champagnerkorken aus der Flasche geknallt; und da mich zu Hause nichts mehr hielt, wollte ich nur noch eins: weg, in den Süden, wo die Sonne war. Die Kälte war noch schlimmer gewesen als der Hunger. Die Sonne, die Sonne! *Il sole!* Dafür brauchte man Pässe, Visa, *Affidavits*, Stempel, Tausende von Papieren, die ich nicht hatte, genausowenig wie Geld, aber in dem unvergleichlichen, chaotischen Europa jener Tage, das voll war von umherziehenden Befreiungsarmeen, Kolonnen von Besiegten, zurückkehrenden Gefangenen und Strömen von Vertriebenen, fuhr ich per Anhalter illegal und geradewegs in meinen Traum: über Belgien und Frankreich nach Italien. Von einer Gelegenheitsarbeit zur anderen ziehend landete ich in Rom, wo ich mich als Tankstellengehilfe bewarb. Dem mißtrauischen Tankstellenbesitzer erzählte ich, daß ich aus politischen Gründen nicht in meine Heimat zurückkehren könne, da mich dort die Kugel erwarte, woraufhin mich der menschenfreundliche Mann sofort einstellte.

Von Tourismus oder gar von dem Massentourismus, der heutzutage alles niedermacht, war damals natürlich noch keine Spur: die Lage auf unserem Erdteil war noch ernst. Dann und wann hielt ein englisches oder amerikanisches Armeefahrzeug oder ein zuschanden gefahrenes römisches Wrack, und ich hatte alle Zeit, um in der Sonne zu sitzen und Italienisch aus einem Lehrbuch für die Wehrmacht zu lernen, das ich in der Nähe von Imperia in einer Scheune gefunden hatte. Die erworbenen Kenntnisse überprüfte ich anhand der italienischen Übersetzung von Knut Hamsuns *Ringen sluttet*, die in dem kleinen Büro als Stütze für den wackligen Abfluß diente.

Auch ich fing in Rom plötzlich an zu schreiben – als ob die Wärme der Sonne ein Ei in mir ausgebrütet hätte. Die Anwesenheit dieses Eies, von Gott weiß welchem Schwan in mir gelegt, war vielleicht sogar die eigentliche Ursache meiner Reise nach Italien. Ich wohnte bei einem Lebensmittelhändler, der seinerseits wie eine Mortadella aussah, in einem kleinen Nebenzimmer, und dort kritzelte ich oft bis tief in die Nacht meine Werke. Unweigerlich lief dies auf trostlose Mißerfolge hinaus, ohne daß es mich im mindesten entmutigte. Wir würden schon noch sehen, wer hier das Sagen hatte.

Dort, bei der verrosteten Zapfsäule von Texaco, wo das Benzin noch von Hand hochgepumpt werden mußte, schaute ich an einem heißen Morgen im August von meiner Schreiberei auf und sah diesen blendenden Rolls-Royce Phantom 11, blendend in all seinem gleißenden Schwarz – und das war dort, auf dem flimmernden, armseligen Platz, weit mehr eine außerirdische Erscheinung als das, was ich auf dem Papier stehen hatte. Der vordere Teil des Wagens mit dem uniformierten Fahrer war offen, aber die alte Dame im Fond saß im Schatten des Verdecks. Das erste, was mir an ihr auffiel, war die Farbe ihrer Augen, die ich später auf Capri wiedersah im Wasser der *Grotta azzurra*, die ihr gehörte; um ihre Augen herum war das Gesicht streng drapiert wie ein Gewand auf einer neoklassizistischen Zeichnung, und man konnte sehen, wie schön sie einst gewesen war. Sie trug einen breitkrempigen Hut und darüber einen durchsichtigen Schal, der unter ihrem Kinn zusammengebunden war. Alles war weiß, auch ihr Kleid, die Strümpfe, die Schuhe und ihre Handtasche. Als einzigen Schmuck trug sie eine Brosche: eine mit Brillanten besetzte Sicherheitsnadel aus Platin.

Während ich ehrfürchtig das Benzin in ihr Automobil pumpte, hörte ich sie mit einem leicht flämischen Akzent etwas zu dem neben dem Fahrer sitzenden alten Herrn sagen, der in unverfälschtem Flämisch antwortete. Obwohl es nur um die Koffer ging, die hinten mit Lederriemen festgezurrt waren, sagte ich äußerst wohlerzogen auf niederländisch:

»Gnädige Frau, ich muß Sie darauf aufmerksam machen, daß ich Sie verstehen kann.«

Sie zeigte sich überrascht, daß ein Niederländer in diesem Moment der Weltgeschichte Tankstellengehilfe in Rom war, worauf ich in einer inspirierten Anwandlung zu einer philosophischen Lobrede über das Wesen des Tankstellengehilfen anhob. Er pumpe, sagte ich, aus einem unterirdischen Behälter den Kraftstoff herauf, mit dem ihr blendendes Fahrzeug sogleich die Reise zu einem zweifellos blendenden Bestimmungsort fortsetzen könne. Doch diese wundersame Flüssigkeit, sagte ich, während mir ein Gedanke nach dem anderen zufiel, sei nur vorübergehend hier gelagert, hier im Boden der ewigen Stadt, denn woher käme sie? Aus Texas – wo sie ebenfalls aus der Erde käme, nein, *spritze*, und was sei das, was da spritzte? Der tief in der Erde von der Zeit zubereitete Extrakt lebender Wesen, die noch immer mit Vergnügen bereit und imstande seien, die gnädige Frau nach Hause zu bringen, wo ihr ein angenehmer Abend und eine hoffentlich ungestörte Nachtruhe bevorstünden.

Der Vortrag schien ihr zu gefallen, denn auch als der italienische Fahrer Geld und Benzingutscheine mit mir abgerechnet hatte, machte sie keine Anstalten abzufahren. Seit dem Beginn des Krieges hatte sie kein Niederländisch mehr gehört, nur das Flämisch ihres Butlers Gaston, und das Gespräch kam auf den Unterschied zwischen diesen beiden Sprachen, oder Dialekten, oder Mundarten. Ich sagte, daß die Flamen Niederländisch sprächen, aber in der Melodie des Französischen: die Wörter aneinandergeklebt, mit stimmlosem h, am Ende der Sätze eine Anhebung der Tonhöhe; und daß ich mir als Niederländer manchmal ein Lächeln nicht verkneifen könne, wenn ich die Flamen wüten hörte, denn sie sträubten sich gegen französische Wörter, obwohl dagegen doch nichts einzuwenden sei, und diesen Widerstand formulierten sie in dieser französischen Melodie, was noch idiotischer sei, das schienen sie aber witzigerweise ganz und gar nicht zu merken. Vielleicht sollten sie einmal daran denken, wenn ein Holländer in seiner plumpen Art wieder einmal in ein dröhnendes Gelächter ausbräche.

Sie sah mich ernst an und fragte, was es bedeute, daß ein einfacher Tankstellengehilfe in einem Außenviertel ein so ausgeprägtes Sprachgefühl habe und zudem in einer so bildhaften Weise tiefschürfende Gedanken entfalten könne. Als ich verlegen bekannte, daß ich seit kurzem Schriftsteller sei, sagte sie, als ob wir uns nicht in der Wirklichkeit, sondern im Traum befunden hätten:

»Steig ein, mein Lieber. Für dich weiß ich einen Parnaß.«

III

Nachdem der wutschnaubende Tankstellenbesitzer, der schrie, daß ich ein Kriegsverbrecher sei, mit einigen großformatigen Banknoten besänftigt worden war, rannte ich zum Lebensmittelladen, riß mir den schmutzigen Overall vom Leib, wusch mir schnell die Hände, raffte meine Habseligkeiten zusammen – die Manuskripte ließ ich liegen – und rannte aufgelöst vor Angst, daß das Phantom verschwunden sein könnte, zurück. Aber es stand noch dort, mit blendenden Scheinwerfern und dem von der *Silver Lady* mit ihren gespreizten Flügeln gekrönten Kühler.

Fünf Minuten später fuhren wir über die Via Appia nach Terracina und dann die Küste entlang in Richtung Süden. Als ich begriff, daß ich neben Mme. Sasserath saß, wußte ich, daß eine lebende Legende sich meiner angenommen hatte, auch wenn sich nur noch wenige Menschen an ihren Namen erinnern werden. Sie kam aus Venedig, wo sie einige Monate in ihrem Palazzo am Canal Grande zugebracht hatte:

»Vielleicht zum letzten Mal.«

Im Hafen von Neapel, wo wir gegen Abend eintrafen, ragte ein amerikanisches Schlachtschiff wie ein grauer Fels der Gewalt aus dem Wasser, während darum herum überall noch halb versunkene Schiffswracks lagen. Die weiße Motorjacht von Mme. Sasserath, die Koopmans Welvaren VIII, lag zwischen einem U-Boot und einem Minenräumer vertäut, und sofort eilten zwei elegant uniformierte italienische Bedienstete über den Laufsteg herbei, öffneten die Türen und schleppten die Koffer an Bord. Luigi, der Fahrer, parkte das Auto in einer nahe gelegenen Garage, und kaum eine Viertelstunde später waren wir unter belgischer und italienischer Flagge auf dem Weg nach Capri, das am südlichen Horizont lag.

Auf dem Vordeck, unter einem Sonnenschirm aus Leinen, bei einer angenehm warmen Brise, servierten Bedienstete mit weißen Handschuhen Austern, während Gaston die Kristallgläser leicht bebend mit Lacrima Christi füllte. Inzwischen ließ Fausto, der Kapitän, in der Steuerkabine seine Augen ununterbrochen über die Bucht schweifen und immer dann einen winzigen Augenblick zur Ruhe kommen, wenn sein Blick die Insel streifte. Mme. Sasserath saß in einem blumengemusterten Sessel und sagte, daß mir keinerlei Verpflichtungen erwüchsen, zumal ich nicht den Eindruck erweckte, daß ich diese schätzte; aber ich sei vielleicht bereit, mich ab und zu mit ihr

16

zu unterhalten. Ferner könne ich mich meinem literarischen Schaffen widmen soviel ich wolle. Ich sei vollkommen frei und bekäme zudem Taschengeld. Wenn ich gehen wolle, solle ich es nur sagen.

Daraufhin küßte ich ihre Hand und rief, während ich mit einer weit ausholenden Geste den Golf von Neapel umfaßte, daß ich den Gedanken, von einem Ort zu gehen, an dem ich noch gar nicht angekommen sei, als so widernatürlich empfände, daß ich ihn gar nicht erst zuzulassen wünschte.

Fassen konnte ich das alles noch nicht. Während wir uns der Insel näherten, zeigte Gaston mir mit einer Bewegung seiner Augen die Villa oben auf der Klippe: palastartig, symmetrisch und mit der Patina jahrhundertealter, gelbbrauner Töne. Langsam fuhren wir in den Felsen hinein, in den ein Anleger gehauen war. Das Personal hatte sich in einer langen Reihe aufgestellt, um uns zu begrüßen. Mein Rucksack wurde mir sofort abgenommen, und Gaston ging uns voraus zu den geöffneten Türen eines Aufzugs. Mme. Sasserath und ich nahmen auf zwei samtbezogenen kleinen Stühlen Platz, Gaston kehrte uns den Rücken zu, und während der halben Minute, in der wir durch den Fels nach oben fuhren, saßen wir uns gegenüber in der intimen Abgeschlossenheit, die es nur in Aufzügen gibt, und die dazu führt, daß man einen Unbekannten im Aufzug am liebsten umbringen würde.

Ihr Gesicht zeigte den Anflug eines Lächelns, während sie mich ansah.

»Amüsanter Tag, findest du nicht auch?«

»Ein unvergeßlicher Tag, Madame.«

Die Türen öffneten sich und gaben den Blick auf einen wartenden Mann frei, einen gewissen Point, Mme. Sasseraths Sekretär, der viel zu korrekt gekleidet und frisiert war und mich mißtrauisch musterte. Mit dem untrüglichen Instinkt, über den ich von Kindesbeinen an verfüge, sah ich sofort, daß er eines Tages Schwierigkeiten machen würde, als er aber auch noch einen geringschätzigen Blick auf meine Kriegskluft warf, begriff ich, daß er schwach war, denn er hatte es nötig, mich zu kränken, womit er sich mir unterlegen zeigte.

In der Mitte einer runden Halle, die mit ionischen Säulen aus rosa geädertem Marmor gesäumt war, stand auf dem Mosaikboden eine große Skulptur, die nicht nur so aussah, als bestände sie aus Dutzenden, vielleicht Hunderten Kilo Gold, sondern auch tatsächlich daraus bestand: eine riesenhafte Sicherheitsnadel. Mehr schwebend als gehend, dicht aneinandergedrängt, kamen zwei zinnfarbene Windhunde die Treppe hinunter und leckten Mme. Sasserath die Hände.

Auch der Sekretär sprach mit dem Mund seiner Herrin. Ich wolle mich wahrscheinlich ein wenig frisch machen? Mich etwas ausruhen? Das Diner sei um halb zehn, Donatella werde mir meine Zimmer zeigen.

Undeutlich erinnerte ich mich, das Mädchen gerade eben noch am Anleger gesehen zu haben. Offensichtlich gab es noch einen Aufzug für das Personal, oder aber die Domestiken mußten schnell die gußeiserne Treppe hinauflaufen. Sicher immer noch nach Benzin und Öl stinkend, folgte ich ihr durch hohe Gänge und Erker und über Treppen, alles war mit aufwendigem Stuckwerk ausgestattet, in den Nischen standen Plastiken. Und links und rechts ein Cézanne, ein Matisse, ein van Gogh, ein Manet. Der Flur im ersten Stock war von klassischen Büsten gesäumt, die sich gut gegen die Gobelins abhoben.

Wie ein Fettfleck auf einer seidenen Krawatte lag mein armseliges Gepäck bereits in meiner Suite. Im Salon standen die Türen weit offen und führten zu einem breiten Balkon mit Aussicht auf die Bucht. Unter einem Vermeer glitzerte eine venezianische Kristallschale mit Obst, daneben stand ein Kühler mit roséfarbenem Champagner. Im angrenzenden Schlafzimmer lagen unter einem Pieter de Hoogh auf einer Empire-Kommode neue Hemden, eine weiße Hose, Socken und Espadrilles. Es konnte nicht anders sein, Luigi hatte aus Neapel angerufen, oder vielleicht gab es eine Funkverbindung zwischen Fausto und der Villa.

Sofort nachdem Donatella die Tür hinter sich geschlossen hatte, zog ich all meine Kleider aus, schleuderte sie in eine Ecke und machte nackt den höchsten Sprung meines Lebens – und aus dieser Bewegung heraus katapultierte ich mich, wie in ei-

nem Zeichentrickfilm, in das moderne Badezimmer
mit den vergoldeten, weiß Gott goldenen Armatu-
ren. Ich drehte den Wasserhahn auf, und als das heiße
Wasser sofort donnernd in die Marmorwanne
stürzte, dachte ich an das kalte, wie ein Stück Seil hin
und her springende Rinnsal aus dem Wasserhahn
beim Lebensmittelhändler in Rom und dann an die
zugefrorenen Hähne in Holland.

Ich drehte den Hahn zu. In der plötzlichen Stille ließ
ich mich unter Seufzern in das warme Wasser gleiten.
Ich versuchte, die Oberfläche so glatt wie möglich zu
halten – aber das Schlagen meines Herzens sandte fast
unsichtbare Wellen aus – und betrachtete die Reihe der
Flaschen und Tiegel mit Shampoos, Haarwasser, Eaux
de Toilette, Salben und Cremes, den Stapel dicker,
trockener Handtücher, den weißen Bademantel, der
am Haken hing. Ich schloß die Augen.

Dies alles ist erhaben, dachte ich, erhaben und
wunderbar, vor allem, wenn es kommt, aber vielleicht ist es das nicht mehr, wenn es einmal da ist,
denn dann ist es einfach das, was es ist. Es ist nicht
das Erhabenste und Wunderbarste – das werde ich
selbst machen müssen. Etwas, das erhaben und wunderbar bleibt, auch wenn es schon lange da ist, und
das noch immer erhaben und wunderbar ist, wenn
dies alles schon lange nicht mehr existiert und vergessen ist . . .

Ich lehnte meinen Kopf an das kleine Gummikis-
sen und schlief ein.

IV

In den ersten Tagen sah ich Mme. Sasserath nur selten. Sie hatte mit Point Geschäfte zu erledigen, und auch ich hatte einiges zu tun, um mich einzurichten. In seinem Büro holte der Sekretär mit einem langen Gesicht meine erste wöchentliche Apanage aus dem Safe, die um eine beachtliche Summe für Kleidung erhöht war. Nachdem er die Banknoten gezählt hatte, zählte er sie noch einmal. Inzwischen betrachtete ich lange und eingehend die Zeichnungen von Rembrandt an der Wand, in der Hoffnung, daß ihn, sollte er die Originale durch Kopien ersetzt haben, von nun an die Schlaflosigkeit quälen würde. Auch er war Belgier, aber frankophon; in den Ohren hatte er immer Wattebällchen.

Ich machte mich auf, um mir neue Kleider zu kaufen. In der Garage standen einige Autos für Ausfahrten auf der Insel, und ich bekam einen kleinen Fiat zugewiesen. In dem Geschäft in Capri gab es ausschließlich bäuerliche Sachen, aber auf dem Markt, der zweimal in der Woche auf der Piazzetta stattfand, boten neapolitanische Kaufleute feinere Waren an. Da kleidete ich mich zum ersten Mal in meinem Leben neu ein: in den letzten Kriegsjahren war in Holland nichts mehr zu bekommen, und da ich aus meinen Kleidern gewachsen war, hatte ich die abgelegten Sachen meines Vaters anziehen müssen und bis zu meiner Ankunft in der Villa da Balia getragen.

Auf der Rückseite erstreckten sich die angebauten Seitenflügel der Villa bis in den Garten, oder besser den Park; einer der Flügel endete in einem Swimmingpool, der im Winter überdacht werden konnte. Dort schwamm ich und lag in der Sonne, während ein Diener mir ein farbenfrohes Getränk mit Eiswürfeln und einem Strohhalm hinstellte. An der Bewegung eines Vorhangs in ihrem Boudoir sah ich manchmal, daß Mme. Sasserath mir zusah. Auch Donatella schien übrigens einen guten Geschmack zu haben und warf dann und wann gierige Blicke auf meinen erstaunlich anziehenden Körper, der, obwohl noch jung, bereits von einer beeindruckenden Männlichkeit war. Aber da ich lieber nicht von ihren zweifellos äußerst primitiven Brüdern ermordet werden wollte, tat ich so, als bemerkte ich es nicht.

Schreiben konnte ich noch nicht, erst sollte sich die Aufregung des Übergangs legen. Ich erkundete das kühle, dunkle Haus mit seinen symmetrischen Sälen und Zimmern und wunderte mich mit Augen, die den Krieg gesehen hatten, darüber, daß irgendwo etwas nicht zerstört sein konnte. Die Villa mochte aus dem sechzehnten Jahrhundert stammen, aus der Schule des Palladio, alles war rein und funktionierte einwandfrei. Tropfte doch einmal ein Hahn in meinem Badezimmer, so rief ich an, und eine Minute später klopfte ein Mann mit einer Tasche voller Zangen an meine Tür, worauf ich nur noch den Finger auszustrecken brauchte.

Ich verbrachte Stunden im Kabinett, in dem sich die Sammlungen von Alphonse Sasserath befanden: Münzen aller Art, Fossilien, Edelsteine, antike Tonscherben, Skarabäen, alles in unzähligen Schubladen und Schränken untergebracht. Da es das einzige Zimmer ohne Meisterwerke ringsum war, die Fresken nicht mitgezählt, fühlte ich mich dort sehr wohl.

Eines Nachmittags fand ich dort in einer Zigarrenkiste mit Bleistiftstummeln, Radiergummis und Büroklammern, die offensichtlich dem alten Sasserath gehört hatten, eine verrostete Sicherheitsnadel – vielleicht noch ein Exemplar der ersten Generation. Hunderte von Sicherheitsnadeln mußte ich in meinem jungen Leben bereits gesehen haben, gleichgültig, gedankenlos, aber nun nahm ich den Gegenstand in die Hände und betrachtete ihn aufmerksam. Dieses eine Stück Stahldraht, das in der Mitte eine tolle Drehung um sich selbst machte, wodurch die Enden auseinanderstrebten, weg, auseinander, doch von einem schlau konstruierten Käppchen daran gehindert wurden, das an einem Ende befestigt war und das andere Ende zurückhielt, welches damit um so fester an sich selbst gebunden war, je stärker es sich von sich wegbewegen wollte, an dieser Stelle einen Widerstand erfuhr, der es selbst war . . .

Ich sah ein, daß Alphonse Sasserath eine geniale Erfindung gemacht hatte.

Nach einer Woche sah ich seine Witwe dann öfter als nur zu den Mahlzeiten. Ihre zerbrechliche Hand fast unmerklich auf meinem Arm, spazierten wir durch die Pergola, zwischen Explosionen von Blumen und den Rodins, ich in meinem neuen Gabardineanzug, der mir so gut zu Gesicht stand, sie mit einem Sonnenschirm in der anderen Hand, während die Windhunde um uns herumschwebten. Ich erzählte ihr von meiner Bewunderung, die ich für ihren Mann hegte. Ich sagte, daß seine Erfindung viel weiter reiche als das, was er erfunden habe:

»Vielleicht ist es eigentlich eher eine Entdeckung. Die Entdeckung einer tiefen Einsicht in die menschliche Natur, die ausgedrückt wird in der Gestalt einer neugearteten Nadel, dem ersten Instrument, mit dem der Mensch nun in seinem Leben zu tun bekommt, nämlich in seiner Windel, und darum zu Recht belohnt mit allen Reichtümern der Erde.«

Lächelnd sah sie zu mir auf und sagte, sie wisse wohl, warum sie mich aus Rom mitgenommen habe. So wie ich könne niemand die Dinge formulieren. Ich erinnere sie oft an ihn, und das, was ich nun sage, stimme gewissermaßen mit dem überein, was er immer gesagt habe, nämlich daß seine Erfindung nicht einfach nur irgendeine Erfindung sei, sondern daß er die Nadel gänzlich ihr zu verdanken habe.

»Männer behaupten natürlich öfter«, sagte sie, »daß sie ihrer Frau alles zu verdanken haben. Aber er meinte nicht ›alles‹, also nichts, sondern die Erfindung der Sicherheitsnadel. Wenn ich ihn fragte, wie ich mir das in Gottes Namen vorzustellen hätte, blies er auf einmal sehr viel Zigarrenrauch aus, bis er fast unsichtbar wurde, unsichtbar wie manchmal die Kriegsschiffe.«

»Rauchschleier«, nickte ich, während wir im Gesumm der Bienen und dem ausgelassenen Gesang der Vögel langsam weiterspazierten.

»Als er mir zu meinem fünfundsiebzigsten Geburtstag diese geschmacklose Sicherheitsnadel von Naum Gabo schenkte, die in der Halle steht, sagte er auch nicht, wie ich zu der Ehre kam.«

»Wenn ich ihm ähnlich bin«, fragte ich ein wenig gekränkt, »dann halten Sie mich auch für fähig, geschmacklose Geschenke zu machen?«

Sie mußte lachen.

»Vielleicht keine geschmacklosen, aber auch keine aus Gold.«

Auch das gefiel mir nicht ganz, und ich beschloß, sie nun zu fragen, wie Alphonse gestorben war.

Im Schatten einer Zeder, in der eine Grillenfamilie zirpte, hatten wir uns auf eine Bank gesetzt. Uns gegenüber, umgeben von einem Halbkreis trauriger

Zypressen, stand ein blendendweißes Monument von Canova in der Sonne: eine Pyramide mit einer düsteren Öffnung, zu der sich eine große Zahl marmorner Gestalten hinschleppte, Kinder, Greise, Frauen, Engel, während zwei liegende Löwen traurig ihre Köpfe auf die Vorderpfoten hatten sinken lassen.

Mit ihrem eingeklappten Sonnenschirm zeigte Mme. Sasserath dorthin.

»Da liegt er. Einfach aus Altersschwäche gestorben. Aber er war schon alt, als er noch jung war. Es war für ihn einfach zu sterben.« Sie sah zur Pyramide, auf der eine grüne Eidechse nun die Initiale des Verstorbenen bildete. »Der Tod . . .«, sagte sie gedankenverloren, während die Grillen plötzlich schwiegen. »Wenn du wüßtest, wie alt ich selbst bin – ganz abgesehen von meinem Alter . . .« In der Stille sah sie mit ihrem strengen und zugleich zerbrechlich wirkenden Gesicht zu mir auf. »Aber du, du hast die ewige Jugend.«

Ich erschrak ein wenig. Es war, als ob sie mir dieses hohe Gut in diesem Augenblick *verlieh*.

»Das ist ein schöner Besitz«, sagte sie, während sie langsam nickte und wieder zum Grabmonument sah. »Aber nicht in der Stunde deines Todes, mein Lieber.«

V

Ich begann mich einzuleben, das Ungewohnte wurde normal. Der Krieg, die Tankstelle, alles bekam langsam das Craquelé der Meisterwerke, die ich den ganzen Tag um mich herum sah, aber nun nicht mehr betrachtete. In den ersten Wochen verschwand die Vergangenheit ebenso wie die Zukunft, und dazwischen tat ich die Dinge, die von jedem als meine Arbeit angesehen wurden: ich unterhielt mich mit der Dame des Hauses, nahm mit ihr, umschwärmt von Personal, die Mahlzeiten ein, las ihr abends manchmal eine Novelle aus den Tagen ihrer Jugend vor und stöberte im Kabinett, wo ich übrigens, Habenichts der ich war, mit großer Leichtigkeit einige Diamanten in ein bestimmtes, kleines Fach meiner neuen schlangenledernen Brieftasche hätte verschwinden lassen können. Aber ich tat es nicht. Nicht weil ich befürchtete, daß Mme. Sasserath sie vermissen würde, sie wußte vermutlich nicht, daß sie sie besaß, und auch nicht aus Tugendhaftigkeit, sondern einfach, weil es mir nicht einfiel. Das heißt, es

27

fiel mir natürlich ein, vor allem, wenn ich einen kühlen Blick auf Point richtete, aber ich unterließ es aus Eigennutz. Ich hatte das Gefühl, daß, wenn ich *was auch immer* nur des Geldes wegen täte, dieses mein Talent unwiderruflich schmälern würde. Der Diebstahl gehörte ebenso dazu wie das Arbeiten. Daß ich Tankstellengehilfe gewesen war und auch jetzt wieder Geld verdiente, war selbstverständlich etwas vollkommen anderes.

Obwohl ich Überheblichkeit absolut nicht leiden kann, will ich nicht leugnen, daß ich oft sehr beeindruckt war, wenn ich an mich dachte. Jemanden wie mich gab es nicht alle Tage, um es gelinde auszudrücken, und wenn ich an andere Menschen dachte, mußte ich manchmal lachen.

Daß ich sozusagen der Augenstern von Mme. Sasserath geworden war, bedeutete allerdings nicht, daß ich über alles, was in der Villa da Balia vorging, unterrichtet wurde. Wo von Reichtum oder Macht oder gar von beidem die Rede ist, passieren immer auch noch andere, unsichtbare Dinge, die im Hause Sasserath von Point und von einer bestimmten Sorte Herren bewerkstelligt wurden, die, mit Perlen auf den Krawatten, beizeiten kamen und gingen, Geschäftsvertreter vielleicht, Zwischenpersonen; oder es kamen Telefonate aus dem Ausland, die ich manchmal in ihrem Boudoir mit den Patinirs und dem Jan van Eyck vor der goldgelben Satintapete entgegennahm, worauf sie dann mit der Hand auf

28

der Muschel und einem freundlichen Lächeln wartete, bis ich das Zimmer verlassen hatte. Und doch
schien sie auf eine geheimnisvolle Weise, die ich
bereits andeutete, ihren eigenen Interessen entrückt
zu sein: lose und weit hingen sie um sie herum wie
die weißen Gewänder, die sie immer trug, die aber
nicht sie selbst waren.

Besuch von Freunden oder Bekannten bekam sie
nie.

»Wenn man reich ist, weiß man nicht, wer seine
Freunde sind«, sagte sie einmal. »Das ist der Preis,
den man dafür bezahlen muß.«

»Ich bin Ihr Freund!« rief ich leidenschaftlich.

»Das glaube ich dir, aber ganz sicher bin ich mir
nicht.«

»Wie soll ich es Ihnen beweisen?«

»Das kannst du nicht, aber es ist auch nicht nötig,
denn ich glaube dir.«

Sie sagte, daß sie in ihrem langen Leben alle ken-
nengelernt habe, ob das nun Lenin gewesen sei oder
der Zar, Edison, Franz Liszt, Mary Pickford oder
Einstein – ich brauchte nur einen Namen zu nennen:
sie kannte die Person. Eleonora Duse? Kannte sie.
Oscar Wilde? Selbstverständlich. Den Papst? Sogar
fünf. Aber von einem gewissen Zeitpunkt an, sagte
sie, solle man anfangen, jeden zu vergessen, bis man
selbst als einziger übrigbliebe. Sich selbst müsse man
ja dann schließlich auch vergessen.

»Aber ich werde Sie nie vergessen!«

»Du warst«, sagte sie, als hätte sie mich nicht gehört, ». . . vermutlich der letzte Neuling, den ich kennenlernen wollte.«

Es ist übrigens nicht so, daß es mich auch nur im geringsten interessierte, was sich hinter den Kulissen abspielte. Ich interessierte mich nicht für das, was in der Nähe war, sondern für das Ferne, für das Entfernteste – das so weit weg war, daß ich es nicht sehen konnte. Genau deshalb wollte ich schreiben. Ich hatte das Gefühl, daß die weiße Leere, in der ich etwas zu erkennen versuchte, die Weiße des Papiers war, auf dem die Worte erscheinen mußten: gewissermaßen aus der Tiefe des Papiers.

Aber obwohl ich mein Talent um jeden Preis rein erhalten wollte, so war das, was dabei herauskam, wenn ich mich abends mit einer Flasche Mineralwasser auf den Balkon zurückgezogen hatte unter die Bougainvillea und die Trauben, umgeben von Fledermäusen, die herumflogen wie abgerissene Schnipsel der herannahenden Nacht, eher dürftig. Merkwürdige Geschichten kamen dabei heraus, bizarre Phantasien, ohne jegliches literarisches Leben, und aus Verzweiflung darüber bauschte ich alles auf. Wo ich heute schreiben kann: *Es blieb eine Minute lang still* – dort konnte ich vor vierzig Jahren nur schreiben: *Es war still, nein, stiller als still, eine tosende Stille, die alles um sich herum übertönte und vom ganzen Haus Besitz ergriff, das unabwendbar in das Magma dieser alles übertönenden Stille versank, während sie sich noch immer*

*ausbreitete, über die ganze Stadt, die ganze Erde, so lange,
bis das gesamte Weltall verwandelt war in diese ohrenbetäu-
bende Stille ... ewig ... ewig ...*

Wenn ich vom vollgeschmierten Papier aufsah,
lag dort wieder die Bucht mit der Stadt und dem
Vulkan, umgeben von den unbestimmten Düften
der Blumen und Kräuter, in der Tiefe das Schäumen
des Meeres gegen den Felsen, und ich fragte mich
verzweifelt, wie ich jemals etwas, das Auge in Auge
mit einer solchen Gegenwart standhalten konnte,
hervorbringen sollte – wie ich jemals Wirklichkeit
erfinden könnte. Oder wollte ich vielleicht das Unmögliche?

VI

Obwohl ich das Unmögliche wollte, folgten die Wochen aufeinander, als ob nichts wäre. Es wurde Herbst, immer öfter verschwand der Vesuv im Nebel, und langsam fing ich an, mich zu fragen, was ich hier eigentlich tat. Intellektuell hatte ich zwar mehr als genug an meinem eigenen reichen Gedankenleben, aber ich wollte auch einmal mit jemandem reden, sozusagen als normaler Mensch. Luigi, Fausto, die Haushälterin mit dem Schnurrbart, die zwei Diener, die beiden Mädchen, der Koch, die Küchenhilfe, die Waschfrau, der hinkende Gärtner und noch einige Arbeiter und Wachleute waren einfache Leute von der Insel, für die auch ich jemand aus besseren Kreisen war und vor dem man sich also in acht nehmen mußte. Gaston mit seinem vornehm zur Seite gekämmten weißen Haar bezog seine Autorität daraus, daß er Ausländer war. Aber er war mindestens siebzig, stammte noch aus der Zeit des Alphonse, zwischen uns konnte es nicht mehr als wohlwollende Freundlichkeit geben.

Point war wesentlich jünger, Mitte Dreißig, ein ungünstiges Alter. Auch von diesem Miesling hatte ich nichts. Vermutlich dachte er, ich hätte es auf Mme. Sasseraths Geld abgesehen, zumindest auf ein beachtliches Vermächtnis, genau wie er natürlich. Es hätte durchaus im Bereich des Möglichen gelegen. Meine Wohltäterin hatte keine Kinder, und selbst wenn diese inzwischen sechzig gewesen wären, oder jedenfalls so ungefähr – ich, ein außergewöhnlich bemerkenswerter junger Mann von achtzehn Jahren, trotz der durchlebten Leiden immer aufgeweckt, mit einem vollkommen unabhängigen Geist und universellen Interesse, außergewöhnlich talentiert, mit einem maßlosen Ehrgeiz, verbunden mit einem nicht zu bremsenden Fleiß, dabei zweifellos kreativ, mit angeborener Menschenkenntnis und einer verblüffend originellen Phantasie, sehr geistreich und wortgewandt, zudem so gut wie vollkommen gebaut und immer geschmackvoll gekleidet, mit guten Manieren, beredt und dabei von einer herzzerreißenden Bescheidenheit, ich stellte natürlich genau den idealen Sohn dar. Aber es gab, wie ich bereits bemerkte, nichts, was mich weniger interessierte als Geld. Doch auch wenn Point das vielleicht sogar gemerkt hatte, es machte mich in seinen Augen nur um so gefährlicher. Daß Mme. Sasserath öfter meine Gesellschaft suchte als die seine – und vor allem auf eine andere Weise, da er als Jurist immer nur das Mögliche wollte –, gefiel ihm natürlich ganz

33

und gar nicht. Daß er es sich erst gar nicht einfallen zu lassen brauchte, gegen mich zu intrigieren, machte ihn wahrscheinlich noch wütender.

Auch wenn ich in dieser Hinsicht also recht zufrieden war, so fing ich im übrigen doch an, mich in der Villa da Balia etwas eingeengt zu fühlen. Ich konnte doch nicht jeden neuen Tag mit Konversation, dem Vorlesen aus Maupassant-Romanen, dem Ordnen römischer Gemmen und Schreiben von Unsinn verbringen. Zum Lesen gab es genug, in der Bibliothek stand fast die gesamte Weltliteratur in den kostbarsten Ausgaben, aber etwas in mir sagte, daß ich damit nichts zu tun hätte. Was ich daraus lernen würde, wäre in Wirklichkeit Anpassung und also ein Abkommen von meinem eigenen Weg. Die bestehende Literatur sagte mir nichts, ich war ein Schriftsteller, kein Literat. Das einzige, das mir etwas sagte, war das, was ich nicht ausdrücken konnte, aber um jeden Preis sagbar machen mußte. Dabei konnte mir niemand helfen, denn mein Werk würde so einmalig und rätselhaft vollendet sein, daß auch später niemand etwas würde daraus lernen können, da es in einem tiefen Geheimnis wurzelte.

Eines Abends äußerte ich mich in diesem Sinne auch gegenüber Mme. Sasserath und fügte hinzu:

»In seiner ganzen Unantastbarkeit wird mein Werk schließlich dastehen wie ... wie ... der Vesuv.«

Einige Sekunden lang sah sie mich sprachlos an.

Dann bekam sie einen Lachanfall von einer Heftigkeit, zu der ich sie nicht mehr imstande geglaubt hatte. Ihre blauen Augen standen buchstäblich unter Wasser, und die Tränen liefen ihr über die Wangen, so daß auch ich angesteckt wurde und einen Lachkrampf bekam: nicht dessentwegen, was ich gesagt hatte, denn dabei blieb ich, sondern ihretwegen, mein Lachen wurde aus ihrem Lachen geboren. »Der Vesuv!« rief sie und wurde von einer neuen Welle erfaßt; und dann auch ich: »Der Vesuv!« Zusammen weinten wir vor Lachen – so lange, bis Gaston beunruhigt nachfragte, ob alles in Ordnung sei.

»Ja . . . ja . . .«, nickte Mme. Sasserath schluchzend, am Ende ihrer Kräfte, »alles ist in Ordnung . . . Der Vesuv . . .«

Immer öfter suchte ich Abwechslung in der Stadt. In den engen Gassen hatte ich bald ein gutes Café entdeckt, und es dauerte nicht lange, bis ich sie alle kennenlernte: den englischen Dichter und den schwedischen Maler, den französischen Philosophen und den amerikanischen Romanautor. Ich war offensichtlich nicht der einzige, der den Weg in den Süden zu finden gewußt hatte. Wie überall an den Stränden des Mittelmeeres, in Positano, auf Ibiza, hatte es auch hier angefangen: wir waren die Quartiermacher der künftigen touristischen Müllabladeplätze.

Schon bald konnte ich meine unbezähmbare Lebenslust, die ich vorhin aufzuzählen vergaß, bei ei-

ner Töpferin aus Luxemburg ausleben, einer kräftig
gebauten, immer gutgelaunten Frau, die fünf Jahre
älter war als ich. (Da die fünf Jahre jüngeren Frauen
vorläufig noch dreizehn waren, mußten sie sich noch
etwas gedulden.) In ihrem chaotischen Atelier in
Anacapri, wohin wir in meinem Fiat durch Oliven-
haine fuhren, konnte ich ihr stundenlang zusehen,
wenn sie an ihrem Instrument arbeitete, das so alt
war wie die Kultur. Was ist schöner als zuzusehen,
wie etwas entsteht, auch wenn das Ergebnis selbst
nicht sonderlich schön ist? Ihre Beine leicht ge-
spreizt, also leicht aufregend, hielt sie mit ihren großen nackten Füßen die untere Scheibe in Bewegung,
während ihre großen Hände den grauen Ton auf der
oberen Scheibe modellierten. Wie mich das fesselte,
dieser amorphe, kreisende Erdklumpen, über den
das Wasser tropfte und der unter ihren Fingern Gestalt annahm, wuchs, hohl wurde, eine glänzende
Vase, die dann im Feuer verschwand. Währenddessen spielte sie auf ihrem archaischen Plattenspieler,
den sie, wie sie sagte, im Tausch für einen Topf von
einem schottischen Leutnant bekommen hatte, eine
78-Touren-Platte mit Mendelssohns *Fingalshöhle*:
nicht das größte Musikstück aller Zeiten, aber immerhin die melodischste Musik – jaulend übrigens
bis an die Schmerzgrenze, weil die Spannung des
Stromnetzes unaufhörlich schwankte.

Aber sosehr es mir bei ihr gefiel, vor allem auf
dem durchgelegenen Sofa mit dem abgewetzten Ke-

lim – auch wenn sie manchmal klagte, meine Hände seien so kalt –, so gingen meine Gedanken doch immer zurück zur Villa da Balia, wo Mme. Sasserath nun alleine war und ins Leere schaute mit ihren alten blauen Augen, die ich einmal in einem Lachen ertrinken gesehen hatte. So jung ich auch war, ich dachte immer öfter an die fast Neunzigjährige mit all ihrem Reichtum, dachte an sie wie an ein kleines Mädchen, etwa meine Tochter, die ich zu Hause mit einem desinteressierten Kindermädchen zurückgelassen hatte. Mit meiner fingerfertigen Luxemburgerin sprach ich nicht darüber. Sie dachte, ich wohnte irgendwo in Capri bei einem Lebensmittelhändler. Auch damals schon hatte ich das Gefühl, daß es ein Geheimnis zu wahren galt.

VII

Als der Winter kam, zeigte sich immer deutlicher,
daß es nicht sehr gut um die Gesundheit von Mme.
Sasserath bestellt war. Ein richtiges Gespräch habe
ich eigentlich kaum jemals mit ihr geführt: sie er-
zählte und ich hörte zu, oder ich erzählte und sie
hörte zu, während sie in dem Salon mit der tiefroten
Tapete und dem Tizian an dem kleinen Tisch mit den
Elfenbeinintarsien eine Patience legte. Ich erzählte
von meinem Vater, der im Gefängnis saß, von meiner Mutter, die weggegangen war, oder von meinem
Versagen in der Schule, das meines Erachtens keine
Blamage für mich, sondern für das niederländische
Bildungssystem war, was ich noch beweisen würde.
Ich hatte meistens keine Zeit, um in die Schule zu
gehen, und schon gar nicht, um Hausaufgaben zu
machen, denn ich mußte studieren, experimentieren,
das Wesen der Natur ergründen. Die Lehrer hatten
dafür kein Verständnis. Sie dachten, ich sei faul;
daraus wurde ersichtlich, daß sie zu dumm waren um
einzusehen, daß ich tausendmal intelligenter war als

sie. Darum war die Befreiung für mich nicht nur eine Befreiung von meinem Vater, sondern vor allem auch eine Befreiung von der Schule und von den Lehrern, die nach meinem Dafürhalten eher Unterdrücker als Befreier waren. Kurzum, sagte ich, ich würde es ihnen schon noch zeigen.

Dann nickte sie und sagte:

»Wenn man einen Knopf hat, sollte man einen Mantel machen.«

Sie sagte immer weniger, dafür aber immer merkwürdigere Dinge. Nachdem ich ihr meine Philosophie von den drei Mysterien und ihrem unmittelbaren Zusammenhang dargelegt hatte (daß alles so ist, wie es ist; die Möglichkeit der Phantasie; die Mathematik), sagte sie:

»Vergiß das Teetierchen nicht.«

»Das bitte was?«

Das Teetierchen lebte in Tassen, offensichtlich unmittelbar unter der Oberfläche des Tees. Es war winzig, nicht größer als ein Pantoffeltierchen, und seine Spuren waren nur bei einem bestimmten Lichteinfallswinkel zu sehen: wenn auf der einen Seite des Himmels noch die Sonne schien, während sich auf der anderen Seite ein Gewitter zusammenzog, konnte man die winzigen Ringe sehen, die das Teetierchen verursachte.

Immer häufiger mußte Fausto den Arzt holen, oder besser gesagt *il professore*, Michelangelo Felice aus Neapel, der dort an der Universität Medizin lehrte. Felice war ein kultivierter Mann mit dünnem, weißem Haar, das in einen gepflegten kleinen Bart überging. Er schien sich auch mit Archäologie zu befassen. Aber etwas anderes als die Tatsache, daß die Patientin fast neunzig war, konnte auch er nicht diagnostizieren.

Ich merkte, daß sie eigentlich nichts mehr hören wollte. Ich legte ihr noch meine Ansichten über den Abgrund des weißen Papiers dar, doch sie reagierte nicht darauf, so daß ich nicht wußte, ob sie mich verstanden oder überhaupt gehört hatte. Auch sie selbst erzählte nichts mehr. Sie wollte allein gelassen werden, allein mit ihrer Aussicht auf die Bucht. Jetzt, wo es für sie zu kalt geworden war, um auf der Terrasse zu sitzen, lag sie, von Gaston in Decken gehüllt, vor den meterhohen Glastüren, während neben ihr die Hunde ihre edlen Vorderpfoten übereinanderlegten. Als ich das sah, dachte ich: Tiere sind Götter, die Ägypter hatten recht.

Die Situation im Haus wurde ein wenig unheimlich, wie immer, wenn das Ende hochgestellter Personen naht. Der Tod wirft seine Schatten voraus. Aber richtig heikel wird es erst, wenn er selbst eintritt: nicht selten nimmt er mehrere Menschen mit, als Reisegesellschaft. Vielleicht war das das Unheimliche, das jeder empfand. Das Personal im Haus sprach auch untereinander kaum noch, Point hörte auf, seine auf mich zielenden Giftpfeile abzufeuern und schien Annäherung zu suchen, er sagte sogar dann und wann etwas in gebrochenem Flämisch; ich ging jedoch nicht darauf ein. Häng dich doch auf, dachte ich bei mir.

Ich hielt es auch nicht mehr für angebracht, zu meiner Luxemburgerin zu gehen. Ich saß fast den ganzen Tag in meinem Apartment, aber die Schreiberei fruchtete noch immer nicht. An der Innenseite des ersten Glieds meines Mittelfingers hatte sich vom Festhalten des Stiftes bereits Hornhaut gebildet, an der Außenseite meines kleinen Fingers hatte ich ein schmerzendes Hühnerauge, das vom Schieben über das Papier herrührte. Aber das, was ich schrieb, war noch immer »alles« und nicht etwas. Nichts gelang mehr: jeder spürte, daß die Villa da Balia mit all ihrer Schönheit und Makellosigkeit in einen verhängnisvollen Strudel hineingeraten war, wie ein belebendes Bad, das nun auslief und nichts als Schmutz zurücklassen würde.

VIII

Dann kam der Tag, an dem ich Mme. Sasserath zu meiner eigenen Überraschung einen großen Dienst erwies. Da sie immer mehr unter Schlaflosigkeit litt, hatte Professor Felice ihr ein Schlafmittel verabreicht; aber anstatt sie einschlummern zu lassen, stürzte sie dieses Psychopharmakon in einen schrecklichen Angstanfall. Reglos vor Entsetzen standen wir in dieser Nacht im Pyjama auf den Gängen und Treppen und lauschten den Schreien, die – nicht einmal besonders laut, aber in einer alles durchdringenden, gottserbärmlichen Jämmerlichkeit – aus ihrem Schlafzimmer kamen. Die Hunde trugen ihren Teil dazu bei, indem sie bald darauf versuchten, genau den Ton zu treffen. Professor Felice, der sofort am nächsten Tag geholt wurde, sprach von einer »bedauernswerten psychischen Allergie« und sagte, daß es unter diesen Umständen besser sei, nicht zu schlafen.

»Wer nicht schlafen kann, der will nicht träumen«, sagte er zu mir und verabschiedete sich.

Gaston begleitete ihn zum Aufzug, und ich stellte mich in Gedanken versunken vor das Fenster. Einige Minuten später sah ich, wie in der Tiefe die Koopmans Welvaren VIII Richtung Norden fuhr. Die See war stürmisch; Neapel, der Vesuv, die Halbinsel, alles war im Nebel unsichtbar geworden.

Ich dachte an die Worte des Professors. Warum sollte Mme. Sasserath nicht träumen wollen? Vielleicht lag die Sache genau umgekehrt: vielleicht wollte sie nicht mehr schlafen, weil sie nicht mehr träumen konnte. Das würde auch ihren Angstanfall besser erklären. Wenn Professor Felice recht hätte, wäre sie eingeschlafen und hätte einen schrecklichen Alptraum bekommen; aber das war eben nicht der Fall, sie war nicht eingeschlafen. Das Schlafmittel drohte, sie einschlafen zu lassen, aber da sie nicht mehr träumen konnte, wehrte sie sich mit allen Mitteln dagegen: deswegen der Angstanfall. Es war gar keine *allergia*, sondern *una resistencia psichica deplorevole*!

Ich drehte mich um und sah zu Mme. Sasserath hinüber. Mit geschlossenen Augen saß sie auf der Couch, als ob sie schliefe. Ihr dünnes weißes Haar war ein wenig durcheinander, das gefiel mir nicht. Mit solch kleinen Anzeichen pflegte sich der Untergang anzukündigen. Wenn etwas sie zum Träumen bewegen könnte, überlegte ich, dann würde sie auch wieder schlafen. Im gleichen Augenblick fiel mir etwas ein. Ich erinnerte mich an etwas.

Ich setzte mich zu ihr und fragte leise:

»Madame? Hören Sie mich?«

Als sie nickte, ohne die Augen zu öffnen, fing ich an, ihr zu erzählen, was ich des öfteren im letzten Kriegswinter gemacht hatte, vor kaum einem Jahr – und gleichzeitig vor tausend Jahren. Ich wartete einen Moment, bis die beiden Diener den Tee, zwei silberne Schalen voll Gebäck, Pralinen, Törtchen, dünnen Sandwiches mit Gurke, Lachs und Kaviar serviert hatten.

Wenn ich morgens aufwachte, sagte ich, war das erste, was ich sah, der weiße Reif auf der blauen, abgenutzten Decke, unter der ich lag: die gefrorenen Ausdünstungen meines eigenen Körpers. Da ich nicht schon wieder einen neuen, hoffnungslosen Tag voller Kälte, Hunger und Lebensgefahr erleben wollte, versuchte ich, mich daran zu erinnern, was ich geträumt hatte. Wenn ich damit etwas zu lange wartete, war es praktisch unmöglich: Träume sind Nachtwesen, wie die Fledermäuse, die vor dem Tag flüchten. Ehe man es sich versieht, hängen sie schon wieder kopfüber im Kirchturm. Aber wenn ich einen Zipfel davon erwischen konnte, dann ließ ich nicht mehr locker; mit geschlossenen Augen atmete ich ruhig und tief, als ob ich schliefe, neue Fetzen tauchten auf wie die bizarr geformten Teile eines Puzzles: mit dem Fragment eines Hauses, einem Gesicht, einem Stück blauem Himmel. Wenn sich die Teile hier und da zu einem Ganzen fügten, bekam es ein solches Gewicht, daß es mich in den Schlaf zog. Auf diese Weise konnte ich manchmal ganze Tage schlafend zubringen. Sobald ich wußte, daß es so funktionierte, so erzählte ich, schrieb ich einige Träume auf. Wenn ich dann einmal zu lange gewartet hatte, mich an etwas zu erinnern, brauchte ich nur die Aufzeichnungen durchzulesen, die ich immer auf meinem Nachttisch liegen hatte, und erreichte so das gleiche Resultat.

»Wissen Sie noch einen Traum, den Sie einmal geträumt haben?« fragte ich.

Mme. Sasserath dachte nach, aber es fiel ihr nichts ein. Welch eine Verschwendung! So alt, fast ein Jahrhundert, und alle Träume verschwunden!

»Haben Sie Ihre Träume jemals aufgeschrieben?«

Sie schüttelte langsam den Kopf, aber plötzlich öffnete sie die Augen.

»Ja, vor siebzig Jahren.«

Als sie achtzehn war, 1875, hatte sie Alphonse Liebesbriefe geschrieben, in denen sie auch von ihren Träumen erzählt hatte.

»Gibt es diese Briefe noch?«

IX

Die Hunde voraus, die eine Hand auf meinen Arm gestützt, die andere auf dem weißlackierten Stock mit dem silbernen Knauf, den sie seit einigen Wochen benutzte, begaben wir uns in ihr Schlafzimmer. Als ich eintrat, hatte ich sofort das Gefühl, daß ich hier nicht sein sollte.

Mehr als in anderen Räumen der Villa war alles noch in seinem ursprünglichen Zustand. Wie ein verwitterter Schrein umfaßte der Raum das Himmelbett, das auf einem Marmorsockel stand; die vier Säulen mit ihrem Baldachin aus altem Brokat schienen einen Altar daraus zu machen. Daneben, unter einer Verkündigung von Fra Angelico, stand wie ein Triptychon ein Frisiertisch mit drei Spiegeln in verschiedenen Farben: im mittleren konnte sie sehen, wie sie in diesem Augenblick aussah; im linken aus rosafarbenem Glas konnte sie am Tag sehen, wie sie abends bei Kunstlicht aussehen, und im rechten aus hellblauem Glas konnte sie bei Lampenlicht sehen, wie sie bei Tageslicht aussehen würde. Außerdem hingen dort noch ein Piero della Francesca und zwei kleine Bellinis, wurden aber erdrückt von einer *Trompe-l'œil*-Malerei einer Tapetentür, durch die aus längst vergangenen Zeiten ein etwas furchteinflößender Mann eintrat: schwarz gekleidet, mit einem Degen an der Seite, die strengen Augen in einem erbarmungslos regelmäßigen Gesicht auf mich, auf den Betrachter gerichtet. Auch von der gewölbten Decke sahen Gestalten über Brüstungen hinweg auf mich herab, aber dort ging es in der perspektivischen optischen Täuschung anmutiger zu: Männer und Frauen fütterten einander mit Trauben, Kinder spielten Harfe, weiter oben begleiteten Ebenbilder von Mme. Sasseraths Hunden irgendwelche Göttinnen, und als Ausdruck der kosmischen Harmonie und der ewigen Weisheit zogen zur Mitte hin Wolken auf, die am höchsten Punkt aufrissen, so daß Gott aus dem blauen Himmel auf uns herunterschauen konnte.

Mme. Sasserath hatte sich an das Fenster mit den geschlossenen Gardinen gesetzt und richtete ihren Stock auf den Schrank, der auf der anderen Seite des Bettes stand.

»Geh dort hinein«, befahl sie mir.

Es war ein Schrank von solchen Ausmaßen, wie ich sie noch nie gesehen hatte: beinahe schon ein Haus, aus schwerer, dunkler Eiche, vielleicht etwas Flämisches aus dem siebzehnten Jahrhundert; ich konnte mir vorstellen, daß er in Antwerpen im Atelier von Rubens gestanden hatte. Ich öffnete die

Türen und stand vor einem Wall aus weißen Kleidern.

»Geh durch.«

Wie ein Entdeckungsreisender in der Wildnis bahnte ich mir einen Durchgang. Die Kleider schlossen sich hinter mir, ich konnte nichts mehr unterscheiden und nahm nur noch ihren Duft wahr, der mich umschloß wie ein süßer, gepuderter Rausch. In diesem Augenblick wurde ich getroffen von einer starken Empfindung der Sehnsucht nach etwas, das ich nicht wußte oder nicht mehr wußte: etwas in den archäologischen Tiefen meines eigenen Lebens lange vor dem Krieg, vielleicht aus der Zeit, als ich noch nicht sprechen konnte, so daß ich es jetzt nicht in Worte fassen konnte – und doch war es da, irgendwo unter dem Chaos der Sprache . . .

Als meine Augen sich an die Dunkelheit gewöhnt hatten, sah ich Hüte, manche mit großen Federn, und auf dem Boden unzählige Schuhe, wie vor dem Eingang einer Moschee.

»Siehst du links das blaue Kästchen?«

Ich sah mich um.

»Ja.«

»Laß das stehen. Siehst du rechts den Stapel Alben?«

»Ja.«

»Leg sie zur Seite. Aber vorsichtig.«

Ich tat, was sie befahl.

»Siehst du jetzt den Pappkarton?«

»Ja.«

»Öffne ihn.«

Die Pappe zerblätterte unter meiner Berührung, und ein alter, muffiger Geruch stieg mir in die Nase. In dem Karton waren Ledermappen.

»Nimm die dritte, nein, die vierte Mappe von oben heraus, die grüne, und bring sie her.«

Als ich zurückkam, hatte Mme. Sasserath ihr Lorgnon in der Hand.

Während sie die Briefe in der Mappe durchsah, wurde mir klar, daß ich selbst kein einziges Mal mehr geträumt hatte, seit ich von zu Hause weg war. Nach meinen allabendlichen Versuchen, etwas Sinnvolles zu Papier zu bringen – was immer wieder mißlang, da das Geschriebene faul war und sich nicht selbst fortschreiben wollte –, zog ich mich aus und schlief sofort ein. Das heißt, ich wachte auf und hatte offensichtlich geschlafen. Es war, als ob die Nacht nicht existiert hätte, wie unter Narkose: es war Abend und bald darauf schien die Morgensonne durch die Vorhänge.

»Ja, hier«, sagte Mme. Sasserath, während sie aufsah und mit ihrem Lorgnon auf das Papier klopfte. »Hier habe ich einen.«

»Darf ich es hören?« fragte ich untertänig.

Leise las sie eine Passage von dem vergilbten Oktavblatt mit der schulmäßigen Mädchenschrift vor:

»Und dann muß ich Ihnen doch noch etwas Drolliges erzählen, Chérie. Ich habe von Ihnen geträumt. Ja, Sie lesen richtig, aber Sie erraten nie, was ich geträumt habe. Nun, Sie waren im Arbeitsgemach Ihres Vaters, dort spielte ein Ensemble *Légende d'amour*. Sie hüllten sich, ich getraue mich fast nicht, es zu sagen, in ein durchsichtiges Damenkleid und Schnürstiefelchen mit hohen Absätzen, und dann tanzten Sie ganz lächerlich und albern für ihn. Stellen Sie sich das vor! Sie! Maman war auch dabei. Oh, wie ich mich schämte. Ich sagte immer wieder, Alphonse, seien Sie nicht so albern, so möchte ich Sie nicht kennen, aber alle fanden es sehr drollig. Ihr Papa lachte sogar ein wenig. Und dann noch das Schlimmste. Ihr Tüllkleid wehte immer wieder auf in Ihrem wirbelnden Tanz, so daß . . . Enfin, ich dachte, Mon Dieu, c'est impossible, hätten wir nur etwas, um es zusammenzuhalten. Ich versuchte es mit einer Nadel, aber sie ging immer wieder auf. Mein Liebster, im nachhinein muß auch ich lachen, ich lachte jedoch ganz und gar nicht, als ich träumte. Was war in Sie gefahren! – Einen Kuß von Ihrer Sie immer liebenden Mathilde.«

Meine Augen wurden feucht. Da saß sie, Mme. Sasserath, fast hundert Jahre alt, die reichste Frau der Welt, die mit Lenin und Einstein gesprochen hatte, und aus ihrem Mund hörte ich einen Traum aus den Höhlen des neunzehnten Jahrhunderts, in Antwerpen von dem jungen Mädchen geträumt, das sie damals gewesen war. Zum ersten Mal hörte ich ihren Vornamen; und der Traum, oder zumindest die Tatsache, daß sie es gewagt hatte, ihn aufzuschreiben in dieser prüden Zeit, zeigte, daß Alphonse Sasserath keine bessere Wahl hatte treffen können. Wäre sie nur siebzig Jahre jünger! Oder vielleicht nur sechzig! Fünfzig!

»Versuchen Sie«, sagte ich eindringlich und meine Verliebtheit unterdrückend, »heute abend in Ihrem Himmelbett wieder in diesen Traum hineinzuschlüpfen. Schließen Sie die Augen, atmen Sie langsam und sehen Sie ihn vor sich. Seien Sie wieder dort, in dem Arbeitszimmer Ihres zukünftigen Schwiegervaters, mit Ihrem tanzenden Verlobten und Maman. Graben Sie sich in den Traum ein wie ein Maulwurf in den Boden. Versuchen Sie es, Madame, versuchen Sie es!«

Sie hatte ihre Hände übereinander auf den Brief gelegt und ihre Augen geschlossen. Leise summte sie eine Melodie: *Légende d'amour*, zweifellos.

X

Es klappte. Erstaunt — aber das ließ ich mir nicht anmerken — hörte ich am nächsten Morgen ihren Bericht. Noch erstaunter aber war Point, der alles zum ersten Mal hörte.

Am Abend hatte sie, nachdem sie zu Bett gegangen war, ihre Augen geschlossen, und sofort fing, hoppla, Alphonse in seinem durchsichtigen, flatternden Kleid wieder an zu tanzen, neunzehn Jahre alt, in Stöckelschuhen, die sich jedoch schon bald in moderne Pumps mit Riemen um die Fesseln verwandelten, wie überhaupt noch einige weitere Veränderungen eintraten: bald erschien ein Schwan, dann ein Zug, die wieder verschwanden — und dann war auf einmal ich aufgetaucht. Ich saß, sagte sie, in einer Turmkammer hinter meinem Schreibtisch, auf dem ein Bogen unbeschriebenes Papier lag. Das Fenster war nicht richtig geschlossen, es machte quietschende Geräusche; ein unangenehm kühler Luftzug wehte durch das Zimmer. Dann und wann warf ich meinen Kopf mit einem Ruck nach hinten und schaute auf zu der kreideweißen Decke, als ob dort etwas stünde, was ich suchte, oder als ob ich plötzlich etwas hörte und so besser lauschen könne.

Hatte sie mich beobachtet, oder beobachten lassen – von Gaston? Wie auch immer, sie hatte geschlafen »wie eine Ratte«, und mit einem Gefühl des Triumphes dachte ich an Professor Felice. Ich hatte seine Theorie experimentell widerlegt und die meinige unwiderlegbar bewiesen: von uns beiden war ich der wahre Arzt. Ich sah auch tief befriedigt zu Point hinüber, der sogar seine Watte aus dem Ohr genommen hatte, um besser zuhören zu können. Während Mme. Sasserath ihren Traum erzählte, der aus einem Traum von vor siebzig Jahren geboren worden war, schien es fast, als ob sie wieder einschliefe.

Demnächst würde sie wieder den Wecker stellen müssen, sagte sie mit einem melancholischen Lächeln; und auch, daß ich schnell reich würde, wenn die Methode geheimgehalten werden könnte. Sie sah mich an mit einem Blick, der zwar etwas von der azurnen Klarheit zurückgewonnen hatte, aber doch nicht mehr ganz von dieser Welt war. Sie wollte etwas sagen, schwieg jedoch. Dieses Schweigen dauerte viel länger als die Sekunde oder die Sekunden, die zwischen dem jemanden Ansehen und dem Sprechen normalerweise vergehen. Es war, als ob sie erst noch überlegen müsse, wie sie es formulieren sollte, während es dann doch sehr einfach war, was sie nach gut einer Minute sagte:

»Ich werde dich belohnen, mein Lieber.«

XI

Daß sich in einem Leben wie dem Mme. Sasseraths auch allerlei unsichtbare Dinge zutragen, stellte sich eine Woche später heraus.

Die Atmosphäre im Haus hatte sich insofern verändert, als ich für das italienische Personal die Aura eines Wundertäters bekommen hatte, obwohl ich doch nur aus meinen bitteren Erfahrungen gelernt hatte. Nun kann es natürlich sein, daß das auch für Wundertäter gilt, aber sogar für mich war es eine merkwürdige Erfahrung zu sehen, wie man gewissermaßen schrumpfte, wenn ich in Sicht kam, als ob ein kalter Wind aufkäme; wie man aus den Augenwinkeln zu mir hinsah, räumlichen Abstand wahrte und Stille um mich schuf. Ich, der die Träume zurückbrachte! *Miracolo!*

Eines Nachmittags, es hatte einige Stunden nicht geregnet, machte ich einen Spaziergang durch den Garten und dachte darüber nach, welches Thema ich für meine Nobelpreisrede wählen sollte, als plötzlich der Koch aus den Büschen heraustrat, einen Arm um die Schultern einer alten, schwarzgekleideten Frau, die offensichtlich seine Mutter war. Bebend sah sie mich an. Während er seinen Blick auf mich gerichtet hielt, hob er mit einer Hand ihren Rock und zeigte mir mit der anderen ein großes Geschwür auf ihrem Oberschenkel. Ob ich das nicht heilen könne.

Ich will ehrlich sein: ich dachte tatsächlich kurz darüber nach, aber mir fiel nichts ein.

Von Gaston bekam ich regelmäßig dankbare Blicke, und was Point anbelangt, so wußte dieser jetzt überhaupt nicht mehr, wie er sich mir gegenüber verhalten sollte. Daß meine Position unantastbar geworden war, hatte er natürlich begriffen, denn dumm war er nicht; und ich sollte auf eine Art und Weise belohnt werden, von der er nur träumen konnte. Aber es war auch klar, daß er noch auf seine Chance wartete, ich war noch nicht weg, es konnte noch alles mögliche passieren. Ich für meinen Teil, ich war absolut nicht an der finanziellen Begleichung einer Rechnung interessiert, die ich nicht einmal geschrieben hatte: auch darin unterschied ich mich vermutlich von Professor Felice.

Es waren wieder Herren mit krokodilledernen Aktentaschen und arbeiterähnliche Typen in schlechtsitzenden Cordhosen gekommen und gegangen, und eine Woche nachdem ich Mme. Sasserath auf wundersame Weise geheilt hatte, bat mich Point in die Bibliothek.

Mme. Sasserath saß mit einer karierten Decke

über dem Schoß am Kamin, wo Point mit einem bronzenen Schürhaken das Feuer anheizte. Über dem aufwendig gearbeiteten Kaminsims aus Marmor mit der Inschrift NON NOBIS hing der kolossale Tintoretto. Ringsum Tausende von Bänden bis unter die hohe, dunkel getäfelte Decke. Vom Plattenspieler kam leise Musik, ich glaube, es war Bachs *Musikalisches Opfer*, und plötzlich wurde mir bewußt, daß ich nie zuvor in der Villa da Balia Musik gehört hatte. Anders als bei luxemburgischen Töpferinnen gab es hier keine Gleichlaufschwankungen, da das Haus über einen eigenen Generator verfügte. Mme. Sasserath hieß mich ihr gegenüber in einem olivgrünen Chesterfield-Sessel Platz zu nehmen. Point, der kein Zeichen erhielt, also stehenbleiben mußte, durfte das Wort ergreifen.

Morgen, sagte er, werde ein neues Projekt von Mme. Sasserath eingeweiht. Sie habe eine Funiculaire zum Krater des Vesuvs finanziert, die mit einem Festakt in Betrieb genommen werden solle.

»Eine Funiculaire?« fragte ich.

Es stellte sich heraus, daß es sich um eine Seilbahn handelte, einen Sessellift. Mme. Sasserath beliebe die erste Fahrt in meiner Gesellschaft zu machen – und zwar ausschließlich in meiner Gesellschaft, fügte er verbittert hinzu. War das als Frage gemeint? Entsetzt riß ich die Augen auf. Ich möge dies als Befehl betrachten! Ich ergriff ihre Hand, sie war kühl wie Holz.

»Ich wußte, daß eines Tages irgend so etwas geschehen würde«, sagte ich mit warmer, sympathischer Stimme. »Ich weiß sehr wohl, daß sich bei den Reichen einiges tut, das unsichtbar bleibt, und wenn es einmal sichtbar wird, sind es nicht selten politische Machenschaften, die das Tageslicht scheuen, aber öfter, meistens, fast immer betrifft es die sinnlose Anhäufung von Geld. Pfui! Aber dies ist wahrhaft etwas anderes: ein Sessellift zum Krater des Vesuvs . . .«

»Vermutlich eine ziemlich lukrative Investition«, sagte Mme. Sasserath trocken.

»Aber deswegen haben Sie es nicht getan!« rief ich hoffnungsvoll.

Glücklicherweise wurde meine Hoffnung nicht enttäuscht, denn Point sagte knapp:

»Es ist Mme. Sasseraths Geschenk an Italien. Aus Dankbarkeit für die genossene Gastfreundschaft.«

Mit dem Bau sei bereits vor dem Krieg begonnen worden, erzählte er; während des Kriegs sei die Arbeit dann fast vollständig zum Erliegen gekommen, aber im vergangenen Jahr habe man sie dank gewisser Beziehungen zum alliierten Oberkommando mit Vorrang vollendet.

»Dwight«, nickte Mme. Sasserath.

Zweifellos gebe es auch andere Arbeiten, die für das gebeutelte Land ebenso wichtig seien, nicht aber für Mme. Sasserath – und sie sei glücklich, sagte Point, ihr Geschenk nun einem demokratischen Ita-

58

lien übergeben zu können, denn zunächst habe es gar nicht danach ausgesehen.

»Nein«, sagte Mme. Sasserath, »allerdings nicht.« Und zu mir: »Er saß dort, im selben Sessel, in dem du jetzt sitzt, dieser Depp Benito, und er hatte ebenfalls meine Hand ergriffen, nachdem ich ihn um Erlaubnis gebeten hatte.«

Ich küßte ihre Hand und sah auf.

»Aber warum gerade ein Sessellift?«

Mme. Sasserath zog ihre Hand zurück und machte mit beiden Armen eine Geste, als ob sie schwere Vorhänge auseinander schöbe.

»Weil die Anlage die Form einer Sicherheitsnadel hat.«

XII

Am nächsten Morgen nach dem Frühstück, das ich im Bett eingenommen hatte, zog ich zum ersten Mal meinen dunkelblauen, taillierten Demi-Saison aus Bologna an, den ich auf der Piazzetta gekauft hatte. Ich drehte mich vor dem Spiegel und stellte fest, daß ich außergewöhnlich gut darin aussah, und ich warf auch einen zufriedenen Blick auf meine hübschen, vertrauenerweckenden Gesichtszüge. Ich war aufgeregt, denn seit gut vier Monaten war ich nicht mehr auf dem Festland gewesen. Ich ertappte mich bei der Überlegung, daß Italien an Frankreich grenzte, Frankreich an Belgien und Belgien an die Niederlande. Hatte ich Heimweh? Wollte ich in Wirklichkeit nach Hause? Der Gedanke an Holland erzeugte in mir noch immer einen tiefen Widerwillen, aber es hatte sich offensichtlich doch etwas geändert.

Mme. Sasserath trug einen silberfarbenen Pelzmantel aus Chinchilla, in dem sie noch kleiner wirkte, als sie es ohnehin schon war, und ihr Gesicht war fast verschwunden unter einem großen Hut mit Straußenfedern, den ich bereits in ihrem Schrank gesehen hatte. Ihre Füße steckten in flachen, goldfarbenen Schuhen, die mir nicht sonderlich elegant vorkamen, aber vielleicht war sie der Meinung, daß der Vulkan nur in goldenen Schuhen betreten werden dürfe. Gaston brachte uns mit dem Aufzug zum Anleger, wo das italienische Personal bereits aufgereiht stand, um uns nachzuwinken. Auch Point war unten. In einem grünen Lodenmantel und einer karierten Mütze versuchte der Angestellte, sich das Aussehen eines Gentleman zu verleihen, brachte es aber nicht weiter als bis zum Deutschen. Obwohl wir am Abend zurückkommen würden, schüttelte ich Gaston, bevor ich an Bord ging, aus irgendeinem Grund die Hand.

Das Wetter war kühl, mit einem klaren, blauen Himmel. In der Kajüte der Koopmans Welvaren VIII war es angenehm warm, und kaum hatten wir abgelegt, servierten die Diener Kaffee mit Likör. Mme. Sasserath saß in ihrem blumengemusterten Sessel, und ich bemerkte, daß sie zu den breiten, weißen Schleiern hinaufschaute, die um den Gipfel des Vesuvs hingen. Es war kein Rauch aus dem Krater, denn seit der Eruption im vorigen Jahr war der Vulkan nicht mehr aktiv.

»Da oben wird es kalt sein«, sagte ich.

Sie warf einen Blick auf ihren Pelzmantel.

»Meine Ratten werden mich schon wärmen.«

Sie schien in Form zu sein und hatte offensichtlich wieder gut geschlafen, und doch strahlte sie etwas aus, das verhinderte, daß ich noch etwas sagte. Ich ließ sie mit Point allein und ging an Deck.

Dieses Panorama! An Steuerbord zog die Küste vorüber wie ein Wirklichkeit gewordener Traum. Kunst als Wirklichkeit: die Felsen ragten heroisch aus dem Meer, waren auf anmutige Weise mit Pflanzen und Bäumen bewachsen, und darüber flatterten die Vögel. Alles war so üppig, daß man sich kaum vorstellen konnte, wie der Stein eine solche Fülle von Leben hervorbringen konnte. In dieser Weite, um mich herum der Wind, unter meinen Füßen das Stampfen der Turbinen, über meinem Kopf der umherschweifende Blick von Fausto, kam es mir vor, als ob die Welt sich in Wahrheit verwandelte – nicht in die Wahrheit der Wissenschaft, die sie vertrat, sondern in eine Wahrheit, die mir innewohnte, die ich verkörperte; es schien, als ob die Welt die Lösung eines Problems sei, das ich selbst war, oder andersherum, oder beides zugleich . . . kurzum, ich dachte nicht mehr, ich war wie entrückt: eine Minute, zwei Minuten war ich entrückt.

Als ich zu mir kam und wieder durch den Golf von Neapel fuhr, dachte ich sofort an meine Schriftstellerei. Ich wollte damit Zustände wie den gerade durchlebten ausdrücken. Aber mir wurde plötzlich klar, daß das auf direkte Art gar nicht möglich war. Mein Einsatz war hoch, total, aber das Spiel, auf das ich setzte, existierte nicht, so daß das Ergebnis nie Gewinn sein konnte, sondern ausschließlich Verlieren, Lächerlichkeit. Vermutlich war meine Situation sogar noch gefährlicher als das: ich war dabei, mich selbst zu verzehren, wie ein Verhungernder, der so lange von seinem eigenen Fett lebt, bis es aufgebraucht ist und er stirbt. Es war alles nur Essenz ohne Existenz. Wenn ich meinen Zustand ausdrücken wollte, mußte ich nicht diesen selbst thematisieren, denn damit wäre ich schnell fertig gewesen, sondern das, wodurch er hervorgerufen wurde. Wurde er vom Golf von Neapel hervorgerufen, so mußte der Golf von Neapel erscheinen. Indirekt sollte es geschehen; nicht Folgen, nein, Ursachen mußten gezeigt werden. Ich mußte mich der Realität zuwenden, dem Naheliegenden, und auf eine paradoxe Weise würde dann alles ganz direkt erscheinen, obwohl es indirekt wäre.

Aufgeregt sah ich mich um. War es das also? Hatte ich das Spiel verstanden? War es wirklich so einfach? Aber das Einfache war natürlich gerade das Schwierige, so wie all meine schwierigen Erzeugnisse bisher eigentlich nur das Einfache und Direkte waren. Zurück, hin zur Einfachheit und zum Greifbaren! Ich mußte meine Augen öffnen, meine Ohren, alle meine Sinne; und wenn ich erst einmal die Wahrheit der Welt wäre, zumindest *meine* Wahrheit der Welt, dann würde der Rest zwar nicht von selbst kommen, aber zumindest wären dann die Bedingungen geschaffen, unter denen der Rest erscheinen konnte.

Als ob ich von diesem Moment an nichts mehr vergessen durfte, öffnete ich Augen, Ohren und Nase weit, damit mir nichts mehr entgehen konnte: die Seeluft, der Bug, der die Wellen teilte, Sorrent hoch oben auf den Felsen, Mme. Sasserath unten in der Kajüte, ich selbst auf der weißen Motorjacht, die Kais und Buchten, der Flugzeugträger, der in einiger Entfernung vor Anker lag, die grauen Torpedoboote mit ihren schwarzen Buchstaben und Zahlen – und dann der kleine Hafen von Torre Annunziata, auf den wir zufuhren.

Ich bemerkte, daß Point neben mir stand.

»Sieh mal an«, sagte er.

Der Kai war voller winkender Menschen. Es dauerte einen Moment, ehe ich begriff, daß das uns galt. Ruderboote mit laut rufenden Jungen kamen längsseits, auf dem Anleger standen Herren mit Hüten in den Händen, ein englischer Oberst grüßte militärisch, im Glockenturm läuteten die Glocken das Ave-Maria.

Als Mme. Sasserath auf dem Laufsteg erschien, wurde »*Evviva la madonna del Vesuvio!*« gerufen.

XIII

Der Gemeindesekretär von Torre legte seine Hand auf meinen Arm und fragte mich sofort nach meinem Namen. Als ich sagte, daß ich Mme. Sasseraths holländischer Augenstern sei, wurde ich dem Obristen, dem örtlichen Kommandeur der Besatzungstruppen, dem Bürgermeister und noch einigen anderen vornehm ergrauten Herrschaften als *»il pupillo olandese«* vorgestellt wie jemand, der ganz und gar dazugehört. Dabei fiel mir vor allem ein gewisser Graf Grimani, oder Grimaldi, daran erinnere ich mich nicht mehr genau, auf, ich glaube, er war Mme. Sasseraths Bankier aus Mailand: ein sehr eleganter Mann um die Sechzig, dessen Erscheinung ich mir genau einprägte, denn so wollte ich eines Tages auch aussehen. Solche Dinge kann man nicht früh genug vorbereiten.

Ich will nicht verhehlen, daß ich auf alle einen äußerst günstigen Eindruck machte. Es kam kurz zu einem kleinen Zwischenfall, als aus einem Laden mit der Aufschrift *Funny Face Shop*, der in einer aufgemöbelten Ruine eingerichtet worden war, ein langer, magerer Flegel mit weißen Segeltuchschuhen und Löchern in der Hose zum Vorschein kam und eine große Karikatur hochhielt, die, mit schnellen Strichen hingeworfen, Mme. Sasserath mit Mantel und Hut als halb weggeschmolzenen Schneemann zeigte. Glücklicherweise bemerkte sie es nicht, alte Menschen und Kinder sehen ja fast nichts; einige lachten, und kurz darauf war der Zwischenfall vergessen, so wie alles in diesem Leben bald vergessen ist.

Auch Professor Felice war da. Er sei, so sagte er, in der Nähe, in Pompeji, mit archäologischen Arbeiten beschäftigt, also habe er kurz vorbeigeschaut. Gerade als ich ihm bescheiden von meinem glänzenden medizinischen Triumph erzählen wollte, setzte sich die Gesellschaft in Bewegung und begab sich zu einer Autokolonne, die bereits mit laufenden Motoren auf uns wartete. Auch unser Rolls stand dort; offenbar war Luigi vorher von Fausto nach Neapel gebracht worden, um den Wagen von dort zu holen. Ich sagte zu Mme. Sasserath, daß es vielleicht richtiger sei, wenn sie nun in der Gesellschaft der Würdenträger bleibe, und es zudem eher meinem Charakter entspräche, wenn ich mehr im Hintergrund bliebe; ich würde sie ja dann gleich wiedersehen. Mir fiel auf, daß sie, inmitten der massiven Anwesenheit der Magistraten, schon fast durchsichtig geworden war.

Mit Professor Felice und einem Journalisten des *Corriere della Sera* setzte ich mich auf die Rückbank eines ausrangierten Militärjeeps, der von dem Ingenieur gefahren wurde, der die Funiculaire entworfen hatte; neben ihm saß ein hübsches Mädchen, von dem er behauptete, sie sei seine Frau. Dank oder trotz der lautstark erteilten Befehle eines angetrunkenen amerikanischen MP mit weißem Helm setzte sich der Zug unter Anfeuerungs- und Bravo-Rufen in Bewegung. Mit der *Polizia Stradale* vornweg fuhren wir zur Stadt hinaus und in die Tomatenfelder hinein.

Als ich den Vesuv in seiner vollen, schweigenden Majestät vor mir liegen sah, hatte ich aufgrund meiner angeborenen Abneigung gegen Eitelkeit und Selbstüberschätzung eigentlich keine Lust mehr, mit meiner Traumkur anzugeben, ich wollte meine Augen offenhalten. Aber Professor Felice, der in der Mitte saß, fragte, wie es um die Insomnia der Mme. Sasserath stünde.

»Das Entscheidende, Herr Professor«, rief ich, »ist, daß *insomnia* nicht ›Schlaflosigkeit‹, sondern ›Traumlosigkeit‹ bedeutet!«

Daraufhin erzählte ich ihm von meiner Therapie, die sich auf die nun unwiderlegbar bewiesene Theorie gründete, daß wer nicht träumen kann, nicht schlafen will, und ich berichtete von dem Liebesbrief. Als ich zu Ende gesprochen oder vielmehr zu Ende geschrien hatte, schwieg der Professor wie erschlagen und versank in tiefes Grübeln; aber der Journalist, der natürlich zugehört hatte, beugte sich vor und fragte, was für ein Traum das gewesen sei, 1875. Ein gewagter Traum? *Eh? Piccante?* Keine Frage, daß ein äußerst taktvoller Mensch wie ich das niemals erzählen würde. Das wäre erst viel später möglich, wenn niemand mehr wissen würde, wer Mme. Sasserath war.

Wir fuhren an einigen verrosteten zerschossenen Panzern vorbei und an verhärmten Bauern und Bäuerinnen, die, ins Feld gebückt, von ihren Gewächsen auf und zu uns herüber sahen, und gelangten bald in die Lagen des Lacrima Christi. Der Weg stieg nun an. Als ob die Natur zum letzten Mal noch einmal tief durchatmete, war die Vegetation hier viel üppiger als in der Ebene. Kurz darauf kamen wir auf die Serpentinenstraße und nur noch langsam voran; wir fuhren am beflaggten Observatorium vorbei, alles wurde plötzlich weiter, kahler und kühler, und erreichten schließlich die makellose neue Talstation des Liftes, die in den belgischen und italienischen Farben geschmückt war: Schwarz, Gelb, Rot, Grün und Weiß.

Die Leute klatschten Beifall, und das Fanfarenkorps der Carabinieri blies einen Marsch.

XIV

Auch hier hatte sich eine größere Menschenmenge eingefunden, überall standen Autos kreuz und quer, darunter auch eine schwarze Limousine mit Standarte, die dem Staatssekretär für den Fremdenverkehr gehörte, der mit seinem Generaldirektor aus Rom angereist war. Als er hörte, daß ich *il pupillo olandese* war, packte er mich mit einem unangenehmen, doppeldeutigen Grinsen am Ohrläppchen und sagte:

»Ecco, il pupillo!«

Angewidert, aber mit einem Lächeln, wandte ich mich ab, den Gedanken, was sich in seinem kranken Hirn abspielen mochte, verdrängte ich lieber. Ich haßte es, an einer anderen Stelle als der Innenseite meiner rechten Hand berührt zu werden von Personen, die ich nicht dazu auserkoren hatte.

Wir wurden nun vom Bürgermeister von Resina vorgestellt, unter dessen Jurisdiktion der Vesuv offensichtlich fiel. Ein Ober reichte Sekt, ein Dienstmädchen Häppchen, und als die Zeremonie der Begrüßungen und Trinksprüche nach einer Viertelstunde beendet war, erklomm der Staatssekretär das kleine Podium, das gegenüber der Station errichtet worden war und links und rechts von italienischen und belgischen Fahnen eingerahmt wurde. Hinter dem Rednerpult stehend lud er Mme. Sasserath ein, in dem blumengeschmückten Lehnsessel Platz zu nehmen. Sie winkte mir, und Arm in Arm, wie schon so oft, half ich ihr die Stufen hinauf. Der Staatssekretär führte sie zum Sessel, und ich wollte gerade wieder diskret hinuntergehen, als sie in einem Ton, mit dem sie mich einst auch zum Schrank geschickt hatte, sagte:

»Bleib.«

Es mußte also ein zweiter Stuhl bereitgestellt werden. Nach einiger Verwirrung brachte der Adjutant des Obristen einen grobgezimmerten Bauernstuhl aus der Station und machte dabei ein Gesicht, als ob er das Objekt aufgrund des geltenden Kriegsrechtes konfisziert hätte.

Ich setzte mich neben Mme. Sasserath, der Staatssekretär ergriff das Wort, und ich wußte kaum noch, wie mir geschah. Da saß ich nun: ein Junge von achtzehn Jahren, erst seit einem halben Jahr einer erbarmungslosen politischen und pädagogischen Hierarchie entkommen, in der ich nicht einmal die untere Sprosse der Leiter hätte erreichen können, von allen und jedem nach dem Leben getrachtet, dem intellektuellen nicht weniger als dem physischen, da saß ich nun also auf einem Podium und sah herab auf militärische Befehlshaber, zivile und kirchliche Würdenträger, Spitzenbeamte, Diplomaten, Professoren und sogar Vertreter des hohen Adels, die wiederum zu mir aufsahen. Ich suchte Point; als ich seinem Blick begegnete, wandte ich den meinen müde ab.

Nachdem der Staatssekretär die altruistischen Qualitäten der Mme. Sasserath dargelegt hatte, bückte er sich und nahm vom Generaldirektor ein dunkelblaues Kästchen entgegen. Während er den Orden des Sterns der Solidarität mit der daran befestigten Sicherheitsnadel an ihren Chinchilla heftete, wurde Beifall geklatscht, und anstatt mit den anderen zu klatschen, scheute ich mich nicht, eine Hand zu heben und einigermaßen gelangweilt zu winken wie jemand, der das tagtäglich tut und hinreichend die Nase voll davon hat. Danach erklang die italienische Nationalhymne.

Aber während der Rede des belgischen Botschafters, eines kleinen Barons mit angeklebten Haaren, der französisch sprach, fiel mein Blick plötzlich auf den Sessellift, mit dem alles seinen Anfang genommen hatte. Aus der karmesinrot gestrichenen Station erhoben sich die Seile in den Himmel und erklommen, von Masten unterstützt, in einer riesenhaften Bewegung die Flanke des Vulkans: zuerst langsam ansteigend, dann immer steiler, oben dann und nach einer beträchtlichen Distanz kamen sie perspektivisch zusammen und verschwanden in den Wolken, die um den Gipfel hingen. Die Liftsessel flogen hinauf und herunter und standen zugleich still: am rechten Seil bergauf mit den Rückenlehnen zu uns, am linken bergab mit der Vorderseite in unsere Richtung. Reglos hingen die vielen Dutzend Sitze in der Luft, der erste in allen Einzelheiten sichtbar, die weiter entfernten kaum auszumachen und ganz oben schließlich gar nicht mehr zu sehen.

Ich stand auf. Mme. Sasserath bekam eine Medaille erster Klasse angeheftet, es wurde applaudiert, und die Carabinieri spielten die *Brabançonne*. Nachdem die Militärs ihre Hand mit einem unerbittlichen Ruck von der Mütze genommen hatten (als ob diese Hände eigentlich nicht von den Mützen wollten und lieber ewig salutierten), wurde es still. Man erwartete die Rede von Mme. Sasserath, mit der sie dem Königreich ihr Geschenk übergeben würde. Aber sie setzte sich wieder und machte eine Geste, die von mir zum Rednerpult führte. Ich erstarrte – aber zugleich war mir klar, daß ich nicht kneifen konnte: ich mußte die Rede halten.

Langsam, während mein Hirn sofort auf vollen Touren arbeitete und dennoch nichts dachte, machte ich die wenigen Schritte zum Pult. Ich nahm einen Schluck aus dem noch halbvollen Sektglas, das der Staatssekretär dort zurückgelassen hatte, und sah hinunter zu den Gesichtern unter mir, ohne etwas zu sehen. Kurz darauf sprach ich bereits, ohne dazu den Entschluß gefaßt zu haben.

In meinem besten Italienisch, geschult am Stil von Knut Hamsun, dankte ich im Namen von Mme. Sasserath allen, die geholfen hatten, dieses Projekt, von dem sie seit vielen Jahren geträumt hatte, zu einem guten Ende zu bringen. Nicht immer seien wir, sagte ich, davon überzeugt gewesen, daß dies der Fall sein würde; manchmal seien uns Zweifel gekommen, ob wir *questa funicolare* jemals vollendet sehen würden, aber immer hätten wir uns gesagt, daß ein Volk, das trotz seiner nationalen Zerrissenheit und trotz aller Kriege einen Dom wie den in Florenz zu errichten gewußt habe oder einen Altar der Nation wie den in Rom, daß ein solches Volk sich nicht durch Rückschläge entmutigen lasse, im Gegenteil, ein solches Volk . . . Ich weiß nicht mehr, was ich alles sagte, ich sprach wie im Rausch, die Sätze verließen meinen Mund aus eigener Kraft und auch ich selbst hörte dann erst, was ich da behauptete. Ich sah in die atemlos lauschenden Gesichter, und irgendwann schlug ich sogar außer mir vor Wut mit der Faust auf das Pult, als ich auf jene volksfremden Elemente zu sprechen kam, die sich in ihrer böswilligen Blendung erkühnten zu suggerieren, für dieses heroische Volk stünden quer durch alle Schichten Ehre und Pflicht *nicht* an erster Stelle! Ich schloß mit der Bemerkung, daß nicht nur Mme. Sasserath, sondern auch ich sehr zufrieden mit Italien seien. Zwar sei der Bau des Sesselliftes ausschließlich dank Mussolinis persönlicher Zustimmung möglich geworden, aber im nachhinein sei es doch besser, daß der Duce inzwischen aus dem Weg geräumt worden war und, wenn man mich richtig informiert habe, an einer Tankstelle an den Füßen aufgehängt worden sei, was mich aus autobiographischen Gründen, auf die ich nun nicht eingehen wolle, besonders freue – aufgehängt übrigens unter Mithilfe des hier anwesenden Obristen, wofür ich ihm bei dieser Gelegenheit persönlich danken wolle. Herzlichen Dank, Herr Oberst! Herzlichen Dank, Eure Exzellenzen! Herzlichen Dank, Ihnen allen! *Evviva l'Italia!*

Ich kann nicht leugnen, daß ich eine Ovation bekam, denn so stand es am nächsten Tag im *Corriere della Sera*. Aber es sagte mir weniger als der Kuß, den Mme. Sasserath mir auf die Wange gab: den ersten und zugleich letzten, den ich je von ihr bekam.

XV

Der große Moment war gekommen. Nun sah auch der Priester endlich seine Chance gekommen: plötzlich, wie aus dem Nichts, stand er in seinem Meßgewand vor dem Eingang und wurde flankiert von zwei Chorknaben, der eine mit dem Weihwasserfaß, der andere mit dem Quast. Die Menge teilte sich. Wir bewegten uns in seine Richtung, Mme. Sasseraths Medaille glänzte auf dem edlen Pelz und ihr Arm ruhte auf meinem. Der Priester fing an zu singen und besprengte das Gebäude auf besonders heilige Weise. Während wir der Zeremonie folgten, sah ich, daß Graf Grimani – obwohl ein vermögender Mensch mit einem Ferrari und einem Fahrer – in den Staub sank. Ich war mir nicht sicher, ob ich das später auch so machen würde, wenn ich einen so fabelhaften Maßanzug trüge wie er: ehe man es sich versieht, sind die Knie ausgebeult. Aber wenn man diesen Anzug hatte, überlegte ich mir, dann hatte man natürlich noch vierzig andere, so daß die ausgebeulten Knie dann wohl nicht ins Gewicht fallen würden.

Aber auch ich war von diesem Moment beeindruckt. Zwar wußte ich, daß es keinen Gott gibt — was übrigens zu seiner Entlastung angeführt werden könnte —, daß es eine Kirche gab, konnte jedoch kaum geleugnet werden, und das spielte eine größere Rolle als die Existenz oder Nichtexistenz Gottes. Den Krieg mochte ich ebensowenig, und doch waren mir bei Militärparaden, sogar bei deutschen, die Tränen gekommen. Ach, dachte ich manchmal, wäre doch alles übersichtlicher. Obwohl . . . warum eigentlich?

Wir folgten dem ununterbrochen segnenden Klerikus, vorbei an der Kasse, in der ein lachendes Mädchen ein Schild mit *Aperto* aufhängte und Mme. Sasserath eine blaue Anemone gab, bis in die Station, wo es überall noch nach Farbe roch. Auch dort wurde alles ein wenig angefeuchtet auf eine Art und Weise, gegen die der Teufel keine Chance hatte. Als diese Arbeit vom Klerikus zu einem glücklichen Ende gebracht worden war, wurden wir vom Stationsvorsteher, einem kurzatmigen jungen Mann mit einem eingefallenen Brustkorb, willkommen geheißen und zu einem kleinen, doppelten Steg geführt. An dem Seil, das dort kehrtmachte (das untere Ende der Sicherheitsnadel), hingen die Zweisitzer dicht hintereinander. Einer davon war mit weißen Nelken geschmückt.

Ich half Mme. Sasserath auf ihren Platz und setzte mich neben sie, woraufhin der Vorsteher wie bei

76

Kinderstühlen die Bügel vor unserem Schoß herunterklappte. Dann kam es kurz zu einem peinlichen Moment. In dem kultivierten, aber gnadenlosen Gedränge, das hinter uns entstand, versuchten sich verschiedene Leute einen Platz in den nachfolgenden Gondeln zu sichern. Als Mme. Sasserath das sah, sagte sie zu mir, daß sie dies nicht wolle, sie wünsche ausschließlich in meiner Gesellschaft zu reisen.

Ich nickte, drehte mich um und rief in einem Ton, der keine Widerrede duldete:

»Was soll denn das heißen! Steigen Sie sofort aus, was denken Sie sich eigentlich! Ja, Sie auch«, sagte ich und zeigte auf Point, bevor dieser noch die Gelegenheit hatte, es zu unterlassen. »Wenn wir oben sind, können Sie nachkommen, aber keine Minute eher, haben Sie mich verstanden?«

Verwundert und schimpfend – ich hörte sogar das Wort *Gigolo* fallen – tat jeder, was ich befohlen hatte. Natürlich sah ich auch die wütenden Blicke einiger Würdenträger, aber an meiner Anweisung war selbstverständlich nichts zu ändern.

Mme. Sasserath kuschelte sich bequem in ihren Mantel und verbarg mit einem Lächeln ihre Nase in der kleinen Blume.

»Amüsanter Tag, findest du nicht auch?«

»Ein unvergeßlicher Tag, Madame.«

Plötzlich war etwas Merkwürdiges in ihrer Stimme, etwas Nachdenkliches, als ob ihre Worte auf eine vollkommen andere Situation Bezug nähmen.

»Wollen wir?« fragte ich.

Sie nickte, ich gab das Nicken dem Vorsteher weiter, der wiederum dem unsichtbaren Maschinisten ein Zeichen gab, und mit einem dröhnenden Schlag sprang der Motor an. Dünner Beifall erklang, der Vorsteher legte einen langen Hebel um, und wir wackelten vorwärts, ließen alles und jeden hinter uns, glitten aus der Station, waren draußen und schwebten hinauf. Unter uns, hinter uns spielten die Carabinieri Melodien aus *La Forza del Destino*, aber bald darauf waren wir schon zu weit weg, um noch etwas zu hören.

Ich war allein mit Mme. Sasserath und der Welt.

XVI

In der Stille, die sich wie ein Pfauenrad entfaltete, lehnte sie ihren Kopf an meine Schulter. Ihre Augen wurden feucht.

»Ist es nicht ein prächtiges Monument für Alphonse? Und keiner weiß es, keiner sieht es. Es ist sehr gut, daß du das verschwiegen hast, mein Lieber.«

Alphonse . . . der geträumte Tänzer in seiner aufwehenden Robe . . . ich sah es wieder vor mir. Das Gesicht von Mme. Sasserath war nun weiß wie Papier. Ich nickte, es war, als ob die Stille mich übertönte und es mir unmöglich machte zu sprechen. Nicht einmal ein Vogel war zu hören, nur das leise Summen von Mme. Sasserath: *Légende d'amour* . . . Ihr Körper war nur noch eine kleine Hülle in der Welt – eine Hülle, mit nicht viel mehr als einem Seufzer darin.

Wenn wir an einem Mast vorbeikamen, gab es kurz ein gedämpftes Rattern, das der Stille jedoch nichts anhaben konnte. Es war, als ob diese Stille nicht aus der Landschaft an mein Ohr drang, sondern wie bei einem Tauben aus meinen Ohren kam und die Umgebung erfüllte. Die Vegetation auf dem Hang wurde immer spärlicher und hörte schließlich ganz auf. Asche und Lava glitten mal tiefer, mal weniger tief unter uns vorbei wie graues, versteinertes Erbrochenes zwischen den Felsen, eine formlose Welt aus Exkrementen, Dreck, Angst, der Dilettantismus der Natur. Dies, dachte ich feierlich, war also das, gegen das ich *opponieren* sollte: gegen diese schmutzige, alles vernichtende Gewalt der Spontaneität.

Ich sah hinauf, zum Ziel unserer Fahrt, und in diesem Augenblick . . . wie soll ich es sagen? Auch jetzt noch finde ich kaum Worte für das, was ich damals sah – auch wenn es gar nichts Besonderes war, was ich sah, außer vielleicht, daß es unmöglich war.

Vor und hinter uns – aber ich sah mich nicht um – fuhren Dutzende leerer Gondeln in einem Abstand von jeweils sieben bis acht Metern mit uns bergauf, und links von uns, ungefähr vier Meter entfernt, fuhren ununterbrochen leere Gondeln bergab. Auf einmal jedoch sah ich, daß die Gondeln, die von oben und weit her aus dem Nebel kamen, nicht mehr leer waren. Einen Moment dachte ich, es läge an mir, aber es lag nicht an mir, ich sah es wirklich: in einer Gondel nach der anderen saßen plötzlich Menschen.

»Madame«, sagte ich und zeigte nach oben,

»schauen Sie. Dort oben. Wie ist das möglich? Was sind das für Leute?«

Sie hob nicht einmal den Kopf. Als ich unter die wehenden Federn ihres Hutes schaute, sah ich, daß ihre Augen geschlossen waren. Sie schlief.

Die Sonne schien, aber ich fing an zu frieren. Ich hielt die Revers meines Jacketts übereinander und hatte nur noch Augen für das, was näher kam. Wir waren die ersten gewesen, die hochfuhren. Natürlich würden einige Menschen oben sein, um uns zu empfangen, vielleicht jemand vom Königshaus, aber wer fuhr in diesem Moment hinunter? Ich sah wohl schon acht oder neun Gondeln mit je zwei Personen, zehn, elf, immer mehr, sie mußten oben ununterbrochen einsteigen. Wir fuhren hinauf, sie fuhren hinunter, langsam kamen wir aufeinander zu, und kurz darauf konnte ich bereits ihre Stimmen hören und die Gesichter unterscheiden.

Als uns die ersten erreichten – es muß etwa auf halbem Wege zum Gipfel gewesen sein – sah ich zu meiner Überraschung, daß ich sie irgendwoher kannte. Das heißt, auf irgendeine Weise kamen sie mir bekannt vor, aber ich hatte nicht die geringste Ahnung, wo ich sie getroffen oder gesehen haben konnte. Es waren zwei Männer: der eine war eine ziemlich verwilderte, gebeugte Gestalt, der andere ein affenartiger Riese mit Farbe an den Händen, der sich lauthals mit ihm unterhielt. Bevor ich Zeit hatte, mir die beiden gut einzuprägen, waren sie schon vorbei und hatten noch nicht einmal zu uns herübergesehen. Und doch mußten sie wissen, wer wir waren, oder zumindest, wer Mme. Sasserath war; eine blumengeschmückte Gondel mit einem merkwürdigen jungen Mann und einer schlafenden alten Dame mußte einfach auffallen, aber es schien, als ob sie uns nicht einmal sahen, als ob sie lebendige Puppen in einer geschlossenen Kugel wären.

In der nächsten Gondel saß ein alter Mann mit einem krankhaft aufgedunsenen Gesicht und neben ihm ein kleiner Junge. Auch sie würdigten uns nicht eines Blickes, und auch sie kannte ich – aber wie? Woher? Mir war ein wenig schwindelig, am liebsten hätte ich Mme. Sasserath aufgeweckt, aber ich war wohl der letzte, der das fertiggebracht hätte. Erstaunt wandte ich meine Augen von einer Gondel zur nächsten. Es hörte nicht mehr auf. Männer, Frauen, Kinder – alles Passagiere, die ich kannte, für die ich aber nicht zu existieren schien. In den mindestens zehn oder zwanzig Gondeln kam so etwas wie eine internationale Reisegesellschaft vorbei, darunter sogar einige orange gekleidete asiatische Mönche, und auch die kannte ich, ich war mir ganz sicher, obwohl ich mir ebenso sicher war, daß ich nie im Leben einem asiatischen Mönch begegnet war. Ich kannte jeden! Den witzigen Typ mit dem ungerührten Gesicht, den unordentlichen traurigen Mann neben dem schönen Mädchen, das bestimmt einen

Kopf größer war als er, die Soldaten, den Mann mit dem halbverbrannten Gesicht, die Zwillinge, die zwei Frauen . . . mir schwindelte.

Ein eisiger Wind kam auf, wir stiegen immer steiler hinauf und näherten uns den Wolken, in denen sich der Gipfel des Vulkans verbarg. Mme. Sasserath schlief noch immer, und immer noch erschienen neue Gondeln mit bekannten, unnahbaren Personen aus dem weißen Nebel – unzählige. Jetzt sah ich eine Gondel mit zwei Jungen, der jüngere mit einer schönen, nußfarbenen Haut, die um die Augen herum etwas dunkler war, in der folgenden saß ein Herr mit einer Melone und neben ihm eine Dame, die ihre geflochtenen Zöpfe schneckenförmig über den Ohren festgesteckt hatte. Ich wußte genau, daß ich sie kannte, aber wer waren sie? Sie und all diese Männer und Frauen, die danach an uns vorbeifuhren? Und der alte Mann mit dem zerfurchten Gesicht, der von diesem jungen Mädchen mit dem rötlichen Haar begleitet wurde? Ich wußte es und ich wußte es nicht, und mich beschlich das unerklärliche Gefühl, daß nur ich sie kannte und niemand sonst. Ich sah jemanden, der ganz in Schwarz gekleidet war, und ich sah gerade noch einen kahlgeschorenen Mann in einem zu weiten Pullover, dann kamen wir in den weißen Nebel und ich sah nichts mehr, aber ich hörte die Stimmen, immer wieder kamen sie näher und verschwanden, kamen näher und verschwanden . . .

Da alles ununterscheidbar in Nebel eingehüllt war, schaute ich, ob Mme. Sasserath noch schlief, und mir blieb der Mund offenstehen. Sie war nicht mehr da. Der Platz neben mir war leer.

XVII

Was soll ich sagen? Nach dieser unbegreiflichen Prozession von bekannten Unbekannten geriet ich nun völlig in Panik. Mme. Sasserath war weg! War sie aus ihrem Sitz gefallen? Hinuntergesprungen? Das hätte ich, trotz meiner Aufmerksamkeit für das, was sich auf der anderen Seite abspielte, sicher bemerkt. Der Bügel vor ihrem Sitz war noch heruntergeklappt, und trotzdem war sie verschwunden! Ich weiß nicht mehr, was mir während der letzten Minuten dieser Fahrt durch die Wolken alles durch den Kopf ging. Es wird vor allem Fassungslosigkeit gewesen sein, die von einer nassen, eiskalten Weiße überall um mich herum noch verstärkt wurde.

Kurz darauf spürte ich, daß die Fahrt in eine horizontale Bewegung überging. Der Nebel wurde dünner, ich fuhr in das kleine Gebäude hinein, der Liftsessel drehte irgendwo (das obere Ende der Sicherheitsnadel) und kam zum Stehen.

Ein alter Mann mit einem weißen Bart klappte den

Bügel vor meinem Sitz hoch und sagte wohlanstän-
dig wie ein Oberkellner:

»Benvenuto, signore. Solo?«

Über meine Worte stolpernd erzählte ich ihm, was
passiert war; er aber nickte nur freundlich mit einem
Gesicht, als ob das alles selbstverständlich wäre.
Sehr gut, alles in Ordnung, nichts passiert. Aber
Mme. Sasserath, was war mit ihr! Und all die Leute,
die gerade eingestiegen waren – wer waren sie? Er
sah sich um. Leute? Hier oben sei außer ihm selbst
kein Mensch. Aber sie kämen ja gleich, die Leute.

War er vielleicht verrückt? Entsetzt lief ich aus der
Station. Der Gipfel des Berges ragte ein wenig aus
dem Nebel, ein schwarzer Weg führte zum Krater.
Ich rannte ihn hinauf und blieb erstarrt am Krater-
rand stehen.

Ich sah in ein Amphitheater für die gesamte Welt-
bevölkerung, Hunderte von Metern breit und tief.
Nirgends eine lebende Seele. Wie tückische Andeu-
tungen einer schwelenden Feuerlawine in der Tiefe
entwichen hier und da Dämpfe aus den Gesteinsspal-
ten, waren aber nur von hier oben aus zu sehen. Das
einzige Lebenszeichen war eine verrottende Sandale,
die halb unter einem Basaltbrocken lag. Aug in Auge
mit diesem monströsen Loch, diesem von Stille und
Dunkelheit erfüllten Raum, in den die Sonne hineinschien wie in eine Pupille und doch wieder nicht
hineinschien, dachte ich verzweifelt an meine Wohltäterin.

»Madame Sasserath!«

». . . *asserat* . . .«

Länger als zehn oder fünfzehn Sekunden hatte ich
dort nicht gestanden. Ich rannte den Weg, der offensichtlich erst vor kurzem in die Lava gehauen worden
war, zurück zur Station. Ich mußte sofort nach unten,
ich mußte sehen, ob sie vielleicht irgendwo am Hang
lag, und ich mußte zurück zu den anderen – wenn
zwei unbegreifliche Dinge auf einmal passieren, ist
die Chance, daß sie zusammenhängen, groß.

Die blumengeschmückte Gondel hing noch am
Steg. Der Vorsteher hatte die Anlage also offenbar
stillgelegt. Da der Abstand zwischen den Sesseln
höchstens zwanzig Meter betrug, hingen die anderen
nun in der Luft und konnten mir nicht entkommen.
Ich fragte, ob es ein Telefon gebe. Mißmutig zeigte
der alte Mann auf den Apparat. Gestern hätte es
angeschlossen werden sollen, vermutlich könne ich
also in einem Monat telefonieren.

Ich sprang in meinen Sessel und klappte den Bügel
herunter, als ob ich nun mit Vollgas lospreschen
könnte. Machtlos mußte ich mit ansehen, wie sich
der Lift langsam in Bewegung setzte. Als ich an dem
bärtigen Vorsteher vorbeikam, der seine Hand noch
am Hebel hatte, nickte er mir väterlich zu:

»*Buon giorno, signore.*«

Der Sessel verließ die Station, und kurz darauf
war ich wieder mitten im undurchdringlichen Nebel.
Während der Fahrt horchte ich angestrengt hinaus,

ob ich wieder die Stimmen hörte, aber alles war ebenso still wie weiß. Ich schaute auf den leeren Platz neben mir, und noch immer war ich mir nicht ganz im klaren darüber, was nun eigentlich passiert war. Auch ihr Stock war weg, die Anemone jedoch lag da, als ob sie sie für mich dagelassen hätte. Ich nahm sie an mich und wartete, bis ich wieder etwas sehen konnte. Plötzlich flackerte die Weiße und dann riß sie – und dort unten lag die Welt.

Mir stockte der Atem. Es kam mir vor, als ob ich selbst es war, der sich plötzlich über die unendliche Weite ausbreitete: die Erde von der Sonne fixiert, Neapel wie eine weiße Lava zur Küste geflossen, reglose Schiffchen im Meer mit reglosen Schaumkronen, das unscheinbare dunkelbraune Rechteck von dem, was einst Pompeji gewesen war, die Landzunge, auf der anderen Seite das Meer, die blauen Felsen von Capri . . . Ich schaute auf die Sessel vor mir, wußte aber schon vorher: sie waren ebenso leer wie die, die am anderen Seil bergauf fuhren. War vielleicht *ich* verrückt? Vielleicht – aber es war nun nicht der Augenblick, um über meinen Geisteszustand nachzudenken: ich mußte versuchen, Mme. Sasserath zu finden.

Auf den ersten Blick sah ich auf dem Lavaboden unter den Seilen weder einen Chinchilla noch einen Hut mit Federn, aber sie konnte natürlich in einen Spalt gefallen sein oder zwischen den überall herumliegenden Felsbrocken liegen. Ich lehnte mich weit zur Seite hinaus und suchte jeden Meter ab, suchte auch nach einzelnen Straußenfedern und wußte nicht, was schlimmer wäre: wenn ich sie fände oder wenn ich sie nicht fände, im letzteren Fall freilich müßte ich annehmen, daß nicht nur ich nicht normal wäre, sondern auch die Welt verrückt spielte. Andererseits: wenn ich nicht normal wäre in einer Welt, die nicht normal wäre, dann wäre ich also normal, und die sogenannten Normalen wären dann dementsprechend verrückt. So gesehen mußte ich also hoffen, sie nicht zu finden, denn sonst wäre ich ja derjenige, der verrückt wäre. Daraus folgte, daß es wohl das beste wäre, sie auch nicht mehr zu suchen.

Mit einem Gefühl der Erleichterung drückte ich mein Kreuz durch und suchte die Talstation, indem ich den Seilen mit den Augen in die Tiefe folgte. Da sah ich, daß bereits in mehreren Sesseln, die bergauf fuhren, Menschen saßen.

XVIII

In der Talstation hatte offensichtlich jemand die Leitung übernommen, denn die Sitzordnung war nun vollkommen hierarchisch. Als erster und gerade wie eine Fahnenstange näherte sich der Oberst. Er schien es nicht merkwürdig zu finden, daß ich, wie er allein, im Sessellift saß. Im Vorbeifahren hob er kurz seinen Offizierstock, wobei er mich nicht ansah, sondern seinen Herrscherblick nur kurz auf meinen Haaransatz richtete. Ich verbeugte mich fast unmerklich (und zeugte damit von meiner guten Erziehung) und sah dem zweiten Sessel entgegen, in dem der Staatssekretär und der Generaldirektor saßen und in ein hitziges Gespräch mit großen italienischen Gebärden verwickelt waren, sie sahen mich erst, als sie schon fast vorbei waren.

»*Ciao, pupillo!*« rief der Staatssekretär überschwenglich.

Daraufhin müssen sie sich wohl noch einen Augenblick verdutzt angesehen haben, denn der Generaldirektor rief noch etwas wie *la signora*; aber in dem beruhigenden Gefühl, daß sich der Abstand zwischen uns von Sekunde zu Sekunde vergrößerte, tat ich so, als hörte ich es nicht. Bei dem nachfolgenden Sessel, in dem der belgische Botschafter mit der Baronin saß, war das schon schwieriger. Schon aus der Ferne begann er mit frankophoner Empörung nach Mme. Sasserath zu rufen und stand dabei sogar halb auf. Mit der Blume in der Hand breitete ich die Arme aus und sagte auf niederländisch:

»Verschwunden! Davongeflogen! Weg!«

Machtlos drohte er mir mit der Faust, woraus ich schloß, daß er mir nicht glaubte und sicherlich dachte, daß er mich zum besten hielt. Als ob ich jemals jemanden zum Narren halten würde! Die Bürgermeister von Resina und von Torre Annunziata, die als nächste vorbeikamen, lüfteten kurz den Hut, und auch der Graf, der Seelenhirte, der Ingenieur und die Techniker mit ihren Damen machten keine Probleme. Die beiden Meßdiener winkten ausgelassen und fielen vor lauter Übermut übereinander her. Schwierig wurde es erst wieder mit dem Journalisten, der neben Professor Felice saß. Er traute der Sache nicht. Da ich die Wahrheit sowieso nicht würde verbergen können, und sei es nur, weil ich nicht lügen konnte, rief ich in knappen Worten hinüber, was sich zugetragen hatte. Zu meinem Erstaunen nickte er nur kurz, feuchtete seinen Tintenstift mit der Zunge an und notierte hastig etwas in seinem

91

Block, als ob er es sonst vergessen würde. Der Professor sah mich nur durchdringend an.

Aber auch andere hatten meinen Zuruf mitbekommen. Ich hörte, wie die Nachricht von einem Sessel zum nächsten weitergegeben wurde: zuerst nach oben an die Mächtigen, und dann auch nach unten, so daß sie sich ungefähr in der gleichen Geschwindigkeit wie mein Sessel zur Talstation bewegte. Erstaunte Gesichter wandten sich mir zu; es war klar, daß man nun alles lieber wollte, als zum Gipfel des Vesuvs zu fahren, aber doch unwiderruflich dazu verurteilt war.

Als ich in die Talstation einfuhr, waren als letzte gerade Point und der Adjutant des Obersten eingestiegen. Die Nachricht erreichte jetzt auch sie, aber eben eine Sekunde zu spät, um noch aussteigen zu können.

»Warte nur, du Schuft!« schrie Point wütend, während er aus der Station in die Luft gehoben wurde.

Während ich ihm belustigt nachsah, steckte ich die Anemone ins Knopfloch.

Der Vorsteher half mir beim Aussteigen, und ich ging nach draußen, um mir die Beine zu vertreten. Das Schild an der Kasse war nun umgedreht: *Chiuso*; das Mädchen war gegangen. Die Carabinieri der Musikkapelle hatten ihre Hüte mit der langen Feder abgesetzt, saßen neben ihren Instrumenten und spielten Karten; gelangweilt und mit aus der Wagentür gestreckten Beinen hockten die Fahrer in den

Autos; die beiden Polizeibeamten lehnten an ihren Motorrädern und rauchten. Auf dem Podium zwischen den wehenden Fahnen stand der leere, blumengeschmückte Lehnsessel. Ich reckte mich, gähnte und sah hinauf. Da fuhren sie, alle in einer langen Reihe, und unsere geschmückte, nun aber ebenfalls leere Gondel folgte ihnen.

Es würde noch einige Zeit dauern, bis sie zurückkamen. Um die Zeit totzuschlagen, verwickelte ich den schmächtigen Vorsteher in ein Gespräch.

Neben dem dröhnenden Motor fragte ich ihn, ob gerade eben auch noch andere Leute vom Krater heruntergekommen wären. Als er mich befremdet ansah, wechselte ich schnell das Thema und erkundigte mich nach dem Wohlbefinden seiner Verwandtschaft. Sein Vater, obwohl Faschist wie alle hier, sei von den Amerikanern standrechtlich erschossen worden, seine Mutter habe aber wieder geheiratet, und zwar den Bruder des Vaters; da die Verwandtschaft aber habe annehmen müssen, daß dieser Bruder seinen Bruder bei den Amerikanern denunziert habe, um seine Schwägerin heiraten zu können, hätten die Brüder ihn zu einem Picknick in die Berge bei Meta mitgenommen, wo sie Lacrima Christi ausgeschenkt, Gorgonzola angeboten und dann erst bemerkt hätten, daß sie das Brot vergessen hatten. Daraufhin hätten sie seine Ohren abgeschnitten und ihn gezwungen, sie zu essen, dann hätten sie auch die Zunge abgeschnitten, ihn mit neunundfünfzig Messerstichen getötet, mit mitgebrachten Äxten in Stücke gehackt und ins Meer geworfen. Seine Mutter habe daraufhin Selbstmord verübt, er selber jedoch sei sehr zufrieden mit der Stelle hier.

Während er erzählte, erschienen ununterbrochen leere Sessel neben der Kasse, drehten sich brav um die Scheibe, wackelten ein wenig und fuhren wieder bergauf. Ich hörte dem Vorsteher aufmerksam zu, versuchte gleichzeitig aber auch herauszuhören, ob schon jemand zurückkäme – denn ganz sicher war ich mir nun nicht mehr. Ich hatte schon einmal Sessel gesehen mit Leuten, die danach verschwunden waren. In gewissem Sinne, dachte ich, würde das eine das andere wieder ins Gleichgewicht bringen. Da niemand zurückkam, wollte ich gleich wieder nach oben fahren, aber auch oben würde ich außer dem alten Vorsteher, der bei meiner Abfahrt freundlich »*Arrividerci, signore*« sagen würde, niemanden mehr antreffen.

Aber es kam dann doch anders. In der Ferne waren nun aufgeregte Stimmen zu hören. Ich stand von dem Bauernstuhl auf, zog meine Krawatte zurecht, strich mir mit den Fingern durchs Haar und klopfte meine Schultern ab, denn ich mochte es nicht, in Gesellschaft ungepflegt auszusehen.

XIX

Offensichtlich war man oben ausgestiegen, denn von der wohlgeordneten Platzverteilung war nichts mehr übrig, die Unterbrechung hatte zu geradezu revolutionären Verhältnissen geführt: im ersten Sessel saßen nun die wallonische Baronin und ein proletarisch aussehender Mensch, vermutlich ein Arbeiter. Als die Baronin ausgestiegen war und mich sah, blieb sie wie angewurzelt stehen in ihrem Nerz und starrte mich an. Als dann der Gemeindesekretär von Torre in Begleitung des Chefingenieurs neben ihr stand, streckte sie ihren Finger in meine Richtung und sagte:

»Da steht er. Eine Unverschämtheit. Er ist nicht einmal geflohen.«

Der Beamte, der nun ebenfalls mit dem Finger auf mich zeigte, rief den ihm Folgenden über die Schulter zu, daß ich, *il pupillo impertinente,* dort stünde und nicht geflüchtet sei. Ich sah, daß der Staatssekretär, der, als er das hörte, gerade aussteigen wollte, mit den Armen durch die Luft fuhr und sich schlapp

95

nach hinten in den Stuhl fallen ließ, eine solche Unerhörtheit machte ihn einfach sprachlos. Der Generaldirektor hatte bei der Landung seinen Arm um einen Chorknaben gelegt, vielleicht um ihn gegen die Kälte zu schützen, und seinen Zeigefinger tadelnd in meine Richtung zittern lassen. Es wurde immer voller und lauter in der Station, aber keiner wagte es, sich direkt an mich zu wenden. Es sah so aus, als ob sie erst alle vollzählig sein wollten, bevor sie das taten, offenbar war ich gefährlich. Wenn mir jemand zu nahe zu kommen drohte, wurde er von den anderen zurückgehalten oder sogar weggezogen.

Aber dann kam Point. Aufrecht in seinem Sessel stehend wie ein römischer Wagenlenker, allerdings mit Lodenmantel und karierter Mütze, fuhr er in die Station ein und titulierte mich mit überschnappender Stimme einen Mörder:

»Assassin, assassin! Assassino!«

Woraufhin der belgische Botschafter übersetzte, damit ich es auch ja verstand:

»Sie sind ein Mörder, Sie Schurke.«

Sollte ich nicht allmählich die niederländische Botschaft benachrichtigen? Mit Beschuldigungen dieser Art hatte ich nicht gerechnet, es war lächerlich, dennoch mußte ich nun zusehen, wie ich aus dieser Situation wieder herauskam. Alle schrieen durcheinander und jeder drängte sich jetzt um mich, und ich wurde wütend am Revers gepackt. Jemand schlug heimtückisch von hinten zu, die sogenannte Frau des Chefingenieurs spuckte mich sogar an, worauf sofort ein schwüles Lächeln folgte, und das alles wurde von der hohen Stimme Points übertönt. Point schrie, daß ich immer nur hinter dem Vermögen von Mme. Sasserath hergewesen sei und ihr Testament das auch beweisen werde. Ein minderwertiger Parasit sei ich, ein arroganter Schnösel, ein eingebildeter Wichtigtuer, ein widerlicher Schleimer, der Mme. Sasserath vom ersten Tag an um den Finger gewickelt und sie nun auch noch ihres Lebens beraubt habe! Außer sich vor Wut und fast mit der gleichen Wucht, mit der die Carabinieri ihre Karten auf den Tisch knallten, schleuderte er seine Mütze zu Boden. Nun komme alles heraus. Auf der Stelle festgenommen und für immer eingesperrt sollte ich werden, ich, das aufgeblasene Stück Dreck, der prätentiöse Angeber, ein unausstehliches Miststück und größenwahnsinniger Blender, der jedem das Blut unter den Nägeln hervortreibe, eine Tracht Prügel müsse man mir verpassen, elender Scheißkerl, der ich sei!

Da ich in Wahrheit zweifellos einer der gutmütigsten Menschen war, die ich kannte, entlockte mir dieser kraftlose Tumult lediglich ein mitleidiges Lächeln. Zum Glück wurde dem vom Obristen ein Ende gesetzt, der damit gleichzeitig seine Position wieder festigte. Ich solle zuerst meine eigene Version der Angelegenheit schildern, sagte er, das sei mein demokratisches Recht, und dafür sei der Krieg ja schließlich geführt worden. Da in dem Stationsgebäude anscheinend schon allein deshalb keine Ruhe herzustellen war, weil die Akustik so schlecht war, nahm er mich mit nach draußen. Dort entging mir nicht, daß die beiden Polizisten, die immer noch auf ihre Motorräder gelehnt dastanden, mit einer unendlichen Ruhe ihre Zigaretten fallen ließen und sie langsam mit dem Stiefel austraten, ohne mich dabei aus den Augen zu lassen.

Das beste sei es, so der Oberst, wenn ich meine Geschichte auf dem Podium erzählen würde – und so stand ich also zum zweiten Mal hinter dem Pult. Da nun wieder die Hälse gereckt werden mußten, schwiegen alle, sogar Point. Man konnte eine Nadel fallen hören.

Ich nahm den letzten Schluck Sekt aus dem Glas, das noch immer dort stand, und überlegte, ob ich auch von dem erzählen sollte, was ich mit eigenen Augen gesehen hatte, nämlich von der Talfahrt all der Gestalten, die ich nicht nur immer noch vor Augen hatte, sondern die ich gewissermaßen schon vor Augen gehabt hatte, bevor ich sie sah. Natürlich ist es dumm, zu lügen, wenn man unschuldig ist, in diesem Falle allerdings konnte ich es verschweigen. Wer Menschen sieht, die nicht da sind, ist unzuverlässig, und das erst recht dann, wenn es um jemanden geht, der zwar da, aber nicht mehr sichtbar ist.

Mit der natürlichen Autorität, die ich von Kindesbeinen an hatte, gelang es mir, meine Situation auf brillante Weise zum Guten zu wenden. Selbstverständlich könne ich Mme. Sasserath aus ihrem Liftsessel schieben, notfalls sogar mit dem kleinen Finger, sagte ich mit einem bitteren Lachen, zeigte den Zuhörern meinen kleinen Finger und achtete darauf, daß auch die in den hinteren Reihen ihn sehen konnten – aber ihren Körper könne ich nicht verschwinden lassen, indem ich ihn, zum Beispiel, mit einer Axt in Stücke hackte und ins Meer würfe, denn ich säße ja selbst in einem Sessellift, den ich nicht verlassen könne. Nein, sie sei einfach verschwunden, das sei die traurige Wahrheit, die wir als rational denkende Menschen akzeptieren müßten. Jeder der Anwesenden habe vorhin nach ihr Ausschau gehalten, aber niemand habe sie gesehen. Oder etwa doch? Gebe es jemanden, der sie gesehen habe? Fragend sah ich in die Runde. Nun, hörte ich etwas? Hörte ich vielleicht etwas von Monsieur Point? Nein? Nicht einmal von Monsieur Point? Aha! Aber, fuhr ich fort, ich wolle keinen leichten Triumph, denn das sei nicht meine Art. Auch ich, nein, vor allem ich, ja, ich als der Augenstern von Mme. Sasserath, ich an erster Stelle wünschte diese Angelegenheit erschöpfend untersucht zu sehen. Sie könne sich immerhin noch auf dem kurzen Teilstück unterhalb des Gipfels befinden, das im Nebel liege. Ob jemand dort geschaut habe? Nein, dort habe niemand geschaut, denn dort könne man nichts sehen. Im Namen des Rechtes und der Menschlichkeit verlangte ich deshalb, daß dies unverzüglich passiere. Geschehe dies nicht, habe diese Nachlässigkeit für die Verantwortlichen zweifellos sehr ernsthafte Folgen.

Das war hieb- und stichfest. Die Polizisten steckten sich wieder eine Zigarette an, und es erklang sogar der zögernde Ansatz von Beifall, den ich, mit Rücksicht auf den Ernst der Lage, mit einer kurzen Handbewegung unterdrückte.

Nach einer aufgeregten Beratung zwischen dem Oberst und dem Staatssekretär erhielten die Carabinieri den Auftrag, unverzüglich das Gebiet in den Wolken durchzukämmen. Sie setzten ihren Hut mit der Feder auf, stellten sich in Reih und Glied, und unter dem Befehl des Dirigenten marschierten sie in die Station. Kurz darauf verschwanden sie paarweise nach oben.

XX

Natürlich würde diese Unternehmung insgesamt einige Stunden dauern, und es stellte sich die Frage, wie wir die Zeit herumbringen sollten. Viele fuhren ab. Vielleicht, weil sie einsahen, daß ich, selbst wenn ich Mme. Sasserath mit dem kleinen Finger aus dem Sessellift gestoßen hätte, aus Mangel an Beweisen niemals hätte verurteilt werden können; ich hätte schlichtweg einen perfekten Mord begangen. Vielleicht aber auch, weil sie Hunger hatten. Zum Glück hatte der belgische Botschafter, den meine Worte erheblich beruhigt hatten, im Kofferraum seines Chryslers einige Kisten Château Haut Brion aus meinem Geburtsjahr, den die Baronin den etwa fünfzehn Personen, die dageblieben waren, in Pappbecher einschenkte, die wiederum der Adjutant dabei hatte.

Da ich in jeder Hinsicht maßvoll war und auch kaum trank, nun aber doch eine Ausnahme machte, kann ich mich nicht mehr so genau erinnern, was alles besprochen wurde. Ich weiß aber noch, daß

Professor Felice aufstand und mit erhobenem Becher eine Ansprache hielt. Thema: Personen, die auf unerklärliche Weise verschwunden sind. So außergewöhnlich schien dies offenbar gar nicht zu sein. Wenn mich meine Erinnerung nicht trügt, erwähnte er auch den alten, blinden Ödipus, der Sophokles zufolge in Kolonos plötzlich verschwunden war:

Welch ein Geschick nun ihn entrafft, kein Sterblicher
Weiß es zu sagen, ohne Theseus Haupt allein.
Denn weder hat des Gottes feuertragender
Blitzstrahl ihn hingenommen, noch vom Meere war's
Ein jäher Sturmwind, aufgeweckt zu jener Zeit;
Ihn führt' ein Gott von hinnen, oder der Unterwelt
Glanzlose Steige schloß sich ihm wohltätig auf.
Denn ohne Seufzen ward der Mann, in keinem Schmerz
Der Krankheit abgefordert, nein, wie nie ein Mensch,
Voll Wunder.

Meine Augen füllten sich mit Tränen. Wie unsagbar schön! Konnte ich doch noch etwas von anderen lernen? Lesen mußte ich! Alles lesen!

Auch im Alten Testament, fuhr Professor Felice fort, sei irgendwann etwas Vergleichbares geschehen. Dort werde von jemandem, dessen Name ihm gerade nicht einfiele, gesagt: *Und weil er wandelte mit Gott, nahm ihn Gott hinweg und er ward nicht mehr gesehen.* Aber wer das nun sei?

»Onan?« fragte der Staatssekretär und fing an zu lachen.

»Freunde, Freunde . . .«, sagte der Priester beschwörend.

Alle waren leicht beschwipst. Während Professor Felice nachdenklich die Vermutung äußerte, daß *Frauen* bisher noch nie auf unerklärliche Weise verschwunden und Mme. Sasserath demnach wahrscheinlich in dieser Hinsicht eine Pionierin sei, legte der Generaldirektor seinen Arm um meine Schultern und sagte, ich könne in Rom jederzeit bei ihm vorbeikommen, er werde mir dann seine Briefmarkensammlung zeigen. Aber ich solle kurz vorher anrufen, und zwar beim Ministerium, wohlgemerkt, weil seine Frau so spießig sei. Der Graf ging währenddessen ein wenig zwischen den Musikinstrumenten der Carabinieri herum und versuchte, auf einer Trompete zu blasen, ich bildete mir sogar ein, daß mir die Baronin zublinzelte.

Als der Rotwein auch am Himmel erschien, und zwar in einem grandiosen Sonnenuntergang, mit dem dieser denkwürdige Tag sich zu verabschieden anschickte, rief einer der Chorknaben:

»Schaut!«

In einer langen, blinkenden Reihe kamen die Carabinieri den orange- und rotleuchtenden Hang herunter. Während die Expedition sich der Station näherte, hoben wir den Helden unter Bravo-Rufen unsere Becher entgegen. Bei einigen war die Uniform zerrissen, hier und dort war Blut zu sehen und vereinzelt fehlte ein Hut, aber glücklicherweise stellte sich heraus, daß keine Toten zu beklagen waren.

Als der Dirigent salutierend vor dem Oberst Haltung annahm und meldete, daß seine Musiker nirgends eine Spur von irgendeiner Dame gefunden hätten, notierte der Berichterstatter dies in seinem Block, da er es sonst vielleicht vergessen hätte.

XXI

Froh, daß alles schließlich zur Zufriedenheit aller in Ordnung gekommen war, verabschiedeten wir uns voneinander. Noch immer war ich *il pupillo*, noch immer hatte niemand nach meinem Namen gefragt. Ich umarmte den Oberst, den Staatssekretär, der mir seine Hände auf die Ohren legte und einen knallenden Kuß auf die Stirn gab, den Grafen, die Bürgermeister, den Gemeindesekretär, alle, bis auf Point. Ich hatte keine Lust, mich mit ihm zu versöhnen, und der Gedanke, daß wir nun zusammen im Auto zurückfahren sollten und dann nur wir beide auf der Koopmans Welvaren VIII weiter zur Villa da Balia, wo die Hunde vergeblich am Lift warten würden, erweckte in mir einen unüberwindlichen Widerwillen. In diesem Augenblick wußte ich, daß ich nie mehr einen Fuß auf Capri setzen würde, und wenn ich selbst achtundachtzig würde. Aus, vorbei, und zwar endgültig. Ich wollte nach Hause, nach Holland, arbeiten. Von diesem Entschluß war ich schlagartig nüchtern.

Ich fragte Professor Felice, ob er mich für eine Nacht unterbringen könne, da ich vorhätte, Italien kurzfristig zu verlassen. Für einen Kollegen, sagte er, habe er immer Platz. Ich rechnete es ihm hoch an, daß er so sportlich war, keinen Groll gegen jemanden zu hegen, der ihm eine vernichtende wissenschaftliche Niederlage beigebracht hatte, denn ich hatte gehört, daß es in akademischen Kreisen manchmal auch anders zuging. Ich schaute mich um, ob ich Point irgendwo sah. Überall schossen die Lichter abfahrender Autos über den Platz. Point saß bereits im Rolls, der mit laufendem Motor auf mich wartete.

Der Form halber informierte ich ihn durch das Wagenfenster über meinen Entschluß. Ich bat ihn, Fausto morgen meine Sachen nach Pompeji bringen zu lassen, die Manuskripte könnten vernichtet werden. Er wurde ganz weiß im Gesicht, und ich sah ihn förmlich bei der Rätselfrage, ob ich nun wirklich so verrückt geworden sei, daß ich Millionen in den Wind schlug und vielleicht sogar die goldene Sicherheitsnadel von Gabo, oder ob ich glaubte, daß der Notar mich schon ausfindig machen würde. Durch die vordere Wagentür gab ich Luigi zum Abschied die Hand; Point kehrte ich den Rücken. Geld – was bedeutete mir Geld? Es würde mich nur träge machen. Schreiben wollte ich, das Geld würde dann schon von ganz alleine kommen. Und wenn es ausbliebe, wäre das nur um so beschämender für das Geld.

Ich stieg in den klapprigen Bus und setzte mich neben den Fahrer, der offensichtlich Bauunternehmer war. Er trug ein abgetragenes, schwarzes Hemd und teilte mir niedergeschlagen mit, daß seine Frau bereits mit jemand anderem mitgefahren sei, der Himmel wisse mit wem, doch dann sagte er zum Glück nichts mehr. Professor Felice saß mit dem Geistlichen hinten; dahinter wiederum, in dem durch ein Gitter abgetrennten Gepäckraum, der vielleicht auch für Hunde gedacht war, saßen die beiden Chorknaben und trieben seltsame Spielchen, bei denen anscheinend viel gekichert werden konnte.

Wir fuhren los. Wieder versuchte der Professor sich zu erinnern, wer seinerzeit mit Gott gewandelt war und dann nicht mehr war. »Henoch«, sagte der Priester, »als er dreihundertfünfundsechzig war.« Und als Professor Felice ihn fragte, warum er das jetzt erst sage, antwortete er: »Weil vorhin nicht der passende Augenblick war.« Ich war froh, daß ich nicht zu reden brauchte. Die Farben verwandelten sich nun rasch von Violett in Schwarz, melancholisch atmete ich die kühle Nachtluft. Mein italienisches Abenteuer neigte sich dem Ende zu. Schon morgen, wenn ich meine Sachen bekommen haben würde, würde ich in Neapel den ersten Zug in den Norden nehmen, wo jetzt vielleicht schon Schnee lag. Ich hatte von meinem Taschengeld einige tausend Lire gespart: genug für eine einfache Fahrt.

Zwar hatte ich noch immer keinen Paß, aber wenn ich in Ventimiglia an die Grenze käme, würde ich weitersehen.

Die Bucht glänzte im Mondlicht. Auch das mußte ich zurücklassen, um zu arbeiten. Ich konnte es kaum abwarten. Doch der Drang war anders als früher, es fehlte die Aufregung, in der ich mich heute morgen auf dem Boot noch befunden hatte. Es war inzwischen Entscheidendes geschehen: die Geburt des Bewußtseins, daß ich alles, was ich in meinem Leben noch schreiben würde, zwar noch schreiben mußte, daß es aber eigentlich auf irgendeine Weise bereits da war. Es war das ruhige Bewußtsein der Sicherheit und des richtigen Weges, das sich sogar ins Körperliche verlängerte: ich würde nicht eher sterben, bis ich das letzte Wort geschrieben haben würde – einmal vielleicht nur um ein Haar nicht sterben, aber jedenfalls nicht sterben.

In Torre Annunziata wurden die Chorknaben abgesetzt, danach nahmen wir den Weg nach Pompeji. Professor Felice und der Priester waren inzwischen in einem theologischen Disput über die Frage verwickelt, ob die Proposition »X wandelte mit Gott, und er ward nicht mehr, denn Gott nahm ihn hinweg« nun bedeute, daß das Nicht-mehr-sein die Folge des Wandelns mit Gott, oder daß das Wandeln mit Gott identisch mit dem Nicht-mehr-sein sei. Professor Felice zufolge ging es hier also um die Bedeutung des Wortes »und«. Darin stimmte der

Priester mit ihm überein, war jedoch der Meinung, daß sich in beiden Fällen die Frage stellte, wie man eigentlich mit Gott wandeln könne, wenn man, kausal oder nicht, zugleich nicht mehr sei. Auch Professor Felice sah ein, daß hierin ein Problem lag; was seiner Meinung nach mehr berücksichtigt werden sollte, war, daß in beiden Fällen das Nicht-mehr-sein ein Noch-da-sein voraussetzte, in dem das Nicht-mehr-sein in Potentia bereits anwesend sein müsse wie ein Noch-nicht-nicht-mehr-sein, sonst sei ein aktuelles Nicht-mehr-sein gar nicht denkbar. Dem Geistlichen zufolge sei dies sehr wohl möglich im Geist Gottes, der selbst nie nicht sein könne, da er in vollkommener Seinsfülle das Immer-dagewesene, das Ist und das Sein-werden repräsentiere. Nein, es drohe eine viel größere Gefahr, die es zu bannen gelte, nämlich, daß das Nicht-mehr-sein des Menschen, der mit Gott wandele, in fataler Weise auf Gott zurückfiele in einem Modus des Auch-nicht-seins – womit, *caro professore*, der penetrante metaphysische Geruch brennender Holzstapel im Sein wahrnehmbar werde. Hatte nicht bereits der heilige Thomas gesagt . . .

Wir waren da. Der Bauunternehmer fuhr mit dem Priester zurück nach Torre Annunziata, und wir gingen an den Ruinen vorbei zum archäologischen Zentrum.

XXII

Wieder wurde ich, der ich mit Worten leben wollte, von der Stille überwältigt. Oder war diese Stille vielleicht mit der unermeßlichen Stille geschriebener, nicht ausgesprochener Worte auf dem weißen Papier verwandt? In der klaren Winternacht stand der Mond über den Ausgrabungen, schien auf die Felder, die dahinter lagen, und auf den Vesuv in der Ferne. Der Vulkan, der die Stadt zerstört hatte, stand zurückgezogen, aber ohne Scham oder Reue, wie ein Henker, der sich auf sein Beil stützt und nur seine Pflicht getan hat.

In der Wellblechkantine saßen die Gelehrten und tranken Kaffee mit Grappa. Zehn oder zwölf Männer und Frauen sahen aus einem angeregten Gespräch auf; der Leiter des Teams, ein gewisser Dr. Harry Möbius von der University of California in Berkeley sagte, daß ich selbstverständlich ihr Gast sei. Man sprach Englisch. Professor Felice, der älteste in der Runde, erzählte, was sich zugetragen hatte, und während man nickend zuhörte, sah man immer wieder kurz zu mir herüber. Als die italienische Köchin mir einen dampfenden Teller Spaghetti *alle vongole* und eine Flasche Est!Est!Est! aus Orvieto vorsetzte, merkte ich erst, wie ausgehungert ich war.

An den Überlegungen, die über Mme. Sasseraths wunderliches Verschwinden angestellt wurden, beteiligte ich mich nicht. Ich erinnere mich, daß Möbius sagte, daß solche Dinge in der Natur auf allen Ebenen vorkämen, vor allem in der Quantenphysik gebe es Beispiele dafür. Ich war schon nicht mehr ganz da. Ich dachte daran, daß ich in einigen Tagen in Holland wieder plumpe Sätze hören, gewöhnliches germanisches Bier trinken, Kartoffeln auf eine Gabel spießen und in beschränkte Visagen sehen müßte, aber das war der Preis, den ich dafür bezahlen mußte, daß ein Schriftsteller in erster Linie in einer Sprache wohnt und damit dem zugehörigen Land ausgeliefert ist. Wie es dort jetzt wohl war? Zeitungen hatte ich in all den Monaten nicht gelesen, auch kein Radio gehört; aber daß es dort immer noch stürmen und regnen würde, hielt ich nicht für ausgeschlossen. Das hatte vermutlich nicht einmal der Krieg zu ändern vermocht.

Ich war müde, am Ende meiner Kräfte, der neue Wein gab mir den Gnadenstoß und ich wollte nur noch schlafen. Aus den in der Runde darüber angestellten Überlegungen schloß ich, daß dies in der provisorischen Unterkunft doch nicht ganz einfach war, aber schließlich nahm Professor Felice mich mit in ein angrenzendes Lager, das »Atelier« genannt wurde. Er sagte, daß ich damit vorliebnehmen müsse, und machte Licht.

Eine nackte Birne warf ihr Licht auf einige Dutzend kreideweißer Gestalten, die im Todeskrampf am Boden lagen: vornübergebeugt, abwehrend, auf dem Rücken, gegenseitig Schutz suchend gegen die niedergehende Verdammnis und giftige Gase, die durch jeden Spalt drangen; Kinder, die unter ihre Mütter krochen, ein alter Mann, der noch versuchte sich aufzurichten, ein Hund auf dem Rücken an einer straff gespannten Kette, seine langen Pfoten in der Luft . . . Hier tat Michelangelo Felice seine Arbeit, aber nicht als Bildhauer. Böcke mit Werkzeug standen da, große eiserne Behälter, aufgestapelte Papiersäcke mit Gips und an der Wand eine Reihe großer, aschgrauer Bimssteinblöcke mit Hohlräumen, den Gußformen, in denen die Opfer im Lauf von neunzehn Jahrhunderten verwest waren.

»Achten Sie nicht auf die Unordnung«, sagte der Professor. Er legte einige Decken auf das Fußende der Couch, die neben dem Fenster stand, nickte mir wohlwollend zu und sagte aus irgendeinem Grund in einem merkwürdig klingenden Deutsch mit österreichischem Akzent: »Ruhen Sie sanft, der Herr.«

Es war kühl und feucht im Atelier. Während ich mich auszog, sah ich zur Couch: darauf würde ich eher sitzen als liegen. Es war ein viktorianisches Ungetüm, über das ein persischer Überwurf gebreitet war. Gegen Luftzug hing auch an der Wand ein wild gemusterter, orientalischer Teppich; unter dem Überwurf lag offensichtlich ein Kissen, aber auch obenauf lag ein großes viereckiges Kissen, darauf ein kleineres viereckiges Kissen, und darauf wiederum ein noch kleineres, fast rundes. Ich warf alles beiseite, auch die beiden Kissen, die gegen den Teppich an der Wand gelehnt waren, nahm die Blume aus dem Knopfloch meines Jacketts und löschte das Licht.

Nackt stand ich neben dem Schalter und wartete, bis ich wieder etwas sehen konnte. Langsam erschienen die weißen Gestalten im Mondlicht. Auf Zehenspitzen ging ich zwischen ihnen hindurch zur Couch und zog die Decken über mich.

Ich seufzte tief, mit der Anemone in der Hand sah ich aus dem Fenster auf einen Teil des Sternenhimmels. Ich dachte wieder an all die vertrauten und verschwundenen Personen, die ich in dem Sessellift nach unten hatte fahren sehen – und von denen ich nun, mehr als vierzig Jahre später und selber in meinem sechzigsten Lebensjahr, weiß, wer sie waren, weil sie mein Werk bevölkern. Es war Mme. Sasseraths Belohnung, die sie nicht mit einem Testament, sondern mit sich selbst bezahlt hatte. Es kommt mir vor, als sei es gestern gewesen.

Ich betrachtete die Blume. In dem bleichen Licht war das Blau farblos geworden. Morgen würde sie verwelkt sein, und was dann? Ich beschloß, sie aufzuessen. Der Stengel und die Blätter waren säuerlich süß, die Blüte hob ich mir für den Schluß auf, sie schmeckte bitter. Als ich sie gegessen hatte, legte ich mich auf die Seite und starrte mit brennenden Augen zu den schemenhaften Figuren hinüber – und während ich noch kurz das Gelächter der Archäologen hörte, fiel ich in einen tiefen Schlaf.

Amsterdam, 3. bis 24. Dezember 1986

Harry Mulisch

Harry Mulisch, geboren am 29. Juli 1927 in Haarlem, ist der Sohn eines ehemaligen Offiziers aus Österreich-Ungarn und einer Jüdin aus Frankfurt; seine später geschiedenen Eltern sprachen Deutsch miteinander. Als Autor begann Mulisch mit einer Reihe von Sachbüchern. Später schrieb er Romane und Erzählungen, Gedichte, Dramen und Opernlibretti, Essays, Manifeste und philosophische Werke.
Harry Mulisch lebt heute in Amsterdam.

Das Attentat *Roman*
(rororo 22797)
Dieser politische Roman wurde in einundzwanzig Sprachen übersetzt und machte Harry Mulisch weltberühmt.

Augenstern *Roman*
(rororo 23244)
Ein achtzehnjähriger Tankstellengehilfe wird zum «Augenstern» einer reichen alten Dame, die auf Capri ein großes Haus führt. Doch das stilvolle Luxusleben im Palazzo bricht für den plötzlichen Dandy, der eigentlich Schriftsteller werden will, jäh wieder zusammen

Die Säulen des Herkules *Essays*
(rororo 22449)

Vorfall *Fünf Erzählungen*
(rororo 13364)
«Ein Glücksfall in der Gegenwartsliteratur.»
Stern

Höchste Zeit *Roman*
(rororo 12508)
«Mulischs meisterhafter

Roman von Theaterzauber, Intrigen, bedrohlichen Raufhändeln und Liebesgeschichten ist phantasiereich, witzig und tiefsinnig.»
Neue Zürcher Zeitung

Die Entdeckung des Himmels
Roman
(rororo 13476)

Selbstporträt mit Turban
(rororo 13887)
«Ich betrachte meinen Lebenslauf als einen Quell der Einsicht, einen *fons vitae*, und so sollte jeder zu seiner Vergangenheit stehen.»
Harry Mulisch

Die Elemente *Kleiner Roman*
(rororo 13114)

Das sexuelle Bollwerk *Sinn und Wahnsinn von Wilhelm Reich*
(rororo 22435)

Die Prozedur
(rororo 22710)

Zwei Frauen
(rororo 22659)

rororo Literatur

Rolf Hochhuth

Rolf Hochhuths erstes Theaterstück «Der Stellvertreter» sorgte 1963 für weltweites Aufsehen.
Rolf Hochhuth, Jahrgang 1931, gelernter Buchhändler und Verlagslektor, ist ein politischer Schriftsteller, ein Aufklärer. Von keiner Partei abhängig, aber entschieden Partei ergreifend.

Der Stellvertreter *Ein christliches Trauerspiel. Mit eine Vorwort von Erwin Piscator*
528 Seiten.
(rororo 10997)

Soldaten *Nekrolog auf Genf*
(rororo 13594)

Die Hebamme *Komödie*
(rororo 11670)

Inselkomödie
(rororo 13230)

Juristen *Drei Akte für sieben Spieler*
210 Seiten. Broschiert und als rororo 15192

Ärztinnen *Fünf Akte*
200 Seiten. Broschiert und als rororo 15703

Judith *Trauerspiel*
272 Seiten. Gebunden und als rororo 15866

Unbefleckte Empfängnis *Ein Kreidekreis*
216 Seiten. Broschiert

Sommer 14 *Ein Totentanz*
400 Seiten. Broschiert und als rororo 13069

Effis Nacht *Monolog*
96 Seiten. Gebunden und als rororo 22181

Alan Turing *Erzählungen*
(rororo 22463)

Das Recht auf Arbeit. Nachtmusik *Zwei Dramen*
272 Seiten. Gebunden

Hitlers Dr. Faust. *Tragödie*
(rororo 22872)

Alle Dramen *Kassette mit 2 Bänden*
3056 Seiten. Gebunden

Alle Erzählungen, Gedichte und Romane. 1648 Seiten. Gebunden

Panik im Mai *Gedichte und Erzählungen*
(rororo 13001)

Eine Liebe in Deutschland
(rororo 15090)

Täter und Denker *Profile und Probleme von Cäsar bis Ernst Jünger*
(rororo sachbuch 18547)

Weitere Informationen in der **Rowohlt Revue**, kostenlos im Buchhandel, und im Internet:
www.rororo.de

rororo Literatur

Klaus Harpprecht

Klaus Harpprecht, 1927 in Stuttgart geboren, arbeitete als Redakteur und Korrespondent für «Christ und Welt», RIAS Berlin, den SFB und WDR und als Nordamerika-Korrespondent des ZDF, ehe er 1966 die Leitung des S. Fischer Verlages übernahm. 1972 war er Chef der «Schreibstube» im Bundeskanzleramt Willy Brandts. Seit 1982 lebt er als freier Schriftsteller und Publizist in Südfrankreich.

Im Kanzleramt *Tagebuch der Jahre mit Willy Brandt*
592 Seiten. Gebunden

Georg Forster oder Die Liebe zur Welt *Eine Biographie*
(rororo 12634)
Mit seiner Biographie holt der Autor eine der genialsten Gestalten aus dem Abseits deutscher Geschichte. Georg Forster war Reiseberichterstatter, Naturforscher, Anthropologe, Kunsthistoriker, politischer Essayist, Revolutionär und Weltbürger in einer Person.

Thomas Mann *Eine Biographie*
2256 Seiten. Gebunden und als rororo Band 13988
Klaus Harpprechts Biographie versucht die erdrückende Autorität des Klassikers »Thomas Mann« mit kritischer Zuneigung zu durchdringen. Das Buch schildert das Leben des Dichters als einen Spiegel der deutschen Epoche zwischen Bismarck und dem Kalten Krieg.

Die Lust der Freiheit *Deutsche Revolutionäre in Paris*
576 Seiten. Gebunden

Welt-Anschauung *Reisebilder*
480 Seiten. Broschiert
Dieser Band versammelt brillant geschriebene Reisebilder aus Thailand, Sri Lanka, Korea, Taiwan, Uruguay, Paraguay, Argentinien und der Dominikanischen Republik. Reportagen, die sich glanzvoll als Erzählungen erweisen.

Mein Frankreich *Eine schwierige Liebe*
304 Seiten. Gebunden und als rororo sachbuch 60940
Klaus Harpprecht über «sein» Frankreich: eine Liebeserklärung an das Land seiner Wahl.

Die Leute von Port Madeleine *Dorfgeschichten aus der Provence*
(rororo 22746)
«Kluge Analysen, scharfe Beobachtungen, feine Sprache – ein Wegweiser.» *Die Welt*

«... und nun ists die!» *Von Deutscher Republik*
(rororo sachbuch 60762)

Elfriede Jelinek

Mit kalter Schärfe analysiert **Elfriede Jelinek** die alltägliche Gewalt an Frauen. «Es gibt Dinge, die werden mir als Frau von den Kritikern nicht verziehen. Es gilt als einer Frau angemessen, hübsch, intelligent, sparsam und sensibel zu schreiben. Aber ein Extremismus in der Schilderung wird mir als Frau nicht zugestanden.» Elfriede Jelinek wurde mehrfach für ihr Werk ausgezeichnet, unter anderem mit dem Heinrich-Böll-Preis (1986) und dem Georg Büchner Preis (1998).

Gier
Ein Unterhaltungsroman
(rororo 23131)
Parodie, Porno, Kriminalstück und Abrechnung mit dem Österreich der Anständigen, Fleißigen und Feschen.

Die Ausgesperrten *Roman*
(rororo 15519)
«Es ist bemerkenswert, mit welchem Detailreichtum Elfriede Jelinek die Spielarten kleinbürgerlichen Verhaltens aufzeigt, präzise eingeschrieben in die Zeitgeschichte des österreichischen Wirtschaftswunders.» *FAZ*

Die Klavierspielerin *Roman*
(rororo 15812)
«Eine literarische Glanzleistung.» *Süddeutsche Zeitung*

R. Friedrich / U. Nyssen (Hg.)
Theaterstücke *Was geschah, nachdem Nora ihren Mann verlassen hat oder Stützen der Gesellschaft. Clara S. musikalische Tragödie. Burgtheater. Krankheit oder Moderne Frauen*
(rororo 12996)

Macht nichts *Eine kleine Trilogie des Todes*
(rororo 23161)

Die Liebhaberinnen *Roman*
(rororo 12467)

Die Kinder der Toten *Roman*
(rororo 22161)

Stecken, Stab und Stangl. Raststätte. Wolken. Heim.
Neue Theaterstücke
(rororo 22276)

Ein Sportstück
(rororo 22593)

wir sind lockvögel baby!
Roman
(rororo 12341)

Lust
(rororo 13042)

Michael *Ein Jugendbuch für die Infantilgesellschaft*
(rororo 15880)

Totenauberg *Ein Stück*
96 Seiten. Pappband.

Oh Wildnis, oh Schutz vor ihr
Prosa
(rororo 13407)

rororo Literatur

3242/11

»*Eine bemerkenswerte Arbeit.*«

*Siggi Weidemann,
Süddeutsche Zeitung*

Zwei Hausangestellte vom Obersalzberg, Hitlers Refugium, erzählen eine unglaubliche Geschichte: Adolf Hitler und Eva Braun hatten einen Sohn, Siegfried, den Hitler gegen Ende des Nationalsozialismus erschießen ließ. Ein spannender Roman, der nach der Ursache des Bösen sucht.

Aus dem Niederländischen von Gregor Seferens
192 Seiten. Gebunden